CLV

Abenteuer Wälder

Lois Walfrid Johnson

1 Der geheimnisvolle Fremde

CLV

Christliche Literatur-Verbreitung e. V.
Postfach 11 01 35 · 33661 Bielefeld

Lois Walfrid Johnson
ist eine bekannte Autorin unter christlichen Lesern.
Ihre den Teenagern gewidmeten Bücher
waren mehrere Jahre Bestseller.
Sie und ihr Ehemann Roy haben drei Kinder
und leben im ländlichen Wisconsin, USA.

2. Auflage 2014 (CLV)

Originaltitel:
The Disappearing Stranger / Adventures of the Northwoods 1

Deutsche Ausgabe erstmals erschienen bei
One Way Verlag GmbH, Wuppertal

Postfach 11 01 35 · 33661 Bielefeld
Internet: www.clv.de

Übersetzung: Ulrike Stute und Wolfgang Neumeister
Satz: CLV
Umschlag: typtop, Andreas Fett, Meinerzhagen
Druck und Bindung: CPI – Ebner & Spiegel, Ulm

Bestell-Nr. 255.591
ISBN 978-3-89397-591-4

Inhalt

Für Marie Johnson,
die Mutter in dieser Geschichte,
und für Mama und Papa Walfrid,
die mir alles erzählten.

Vorwort

Es gab tatsächlich einen Zug, der Blueberry Special genannt wurde. Zu Beginn des 19. Jahrhunderts schnaufte er auf einem Gleis hin und zurück seinen Weg im Nordwesten Wisconsins.

Ebenso gab es dort einen sehr starken Mann – den 2,28 Meter großen Marshal Big Gust. Beliebt bei den gesetzestreuen Bürgern der kleinen Stadt Grantsburg, machte er mit Unruhestiftern kurzen Prozess.

An den Ufern des Spirit Lake gab es eine nur aus einem Raum bestehende ländliche Schule mit solchen Schülern, wie du einer bist. Vielleicht kannst du ihr Lachen hören, wenn du dieses Buch liest.

Hättest du zu dieser Zeit gelebt, wärst du wahrscheinlich Menschen wie Kate und Anders, Mama und Papa, Lars und Tina begegnet. Du hättest Lutfisk, ihren Hund, kennengelernt, und ihre Pferde, Dolly und Florie, Wildfire und Windsong. Du hättest vielleicht Windy Hill besucht, ihre Farm am Rand der großen Abenteuerwälder.

Aber es ist noch nicht zu spät. Gerade jetzt kannst du Kate und Anders in dem Abenteuer *Der geheimnisvolle Fremde* begleiten.

Kates geheimer Plan

Auf ihrem Weg von der Schule nach Hause verlangsamte Katherine O'Connell ihre Schritte. Die Straßengeräusche von Minneapolis umgaben sie. Die Hufe eines vorbeitrottenden Pferdes klapperten auf dem Kopfsteinpflaster. Kate bog um einen Schneehaufen und blieb stehen.

Ihre tiefblauen Augen funkelten in der Nachmittagssonne. Die schwarzen Haarsträhnen, die sich aus ihrem Zopf gelöst hatten, fielen ihr ins Gesicht. Für einen Minnesota-Winter war die Luft warm; die zwölfjährige Kate nahm es jedoch kaum wahr. Sie hatte eine Idee, die sie immer wieder in Gedanken von allen Seiten betrachtete. Mehr als einmal hatte sie sich Hals über Kopf in einen Plan gestürzt, und das Ergebnis war jedes Mal entsprechend. Doch diesmal könnte es klappen.

Kate hob den Kopf, warf ihren langen Zopf über die Schulter und fasste einen Entschluss.

Mit schnellen Schritten eilte sie die Straße hinunter. Die Kirche lag gleich um die Ecke. Ein Jahr zuvor wäre sie nicht auf den Gedanken gekommen, dorthin zu gehen und um Hilfe zu bitten. Doch das war, bevor Vati starb.

Auch jetzt noch wunderte sich Kate über ihre Idee. Doch die Idee war gut; da war sie sich ganz sicher.

Direkt vor der Kirchentreppe hielt sie, plötzlich ängstlich geworden, an. Von hier aus konnte Kate gerade noch den hohen Kirchturm sehen, der in den Himmel hinaufragte. Auf der anderen Straßenseite hielt ein Lieferwagen, und ein Junge kletterte herunter. Er nahm eine hölzerne Kiste hoch, die mit Lebensmitteln gefüllt war, und trug sie in ein Haus.

Als Kate ihn dort sah, wusste sie, dass es eigentlich längst Zeit war, nach Hause zu gehen. Mama würde sich fragen, wo sie blieb.

Kate drehte sich um und eilte die breiten Steinstufen hinauf. Als sie die schwere Tür aufzog, versuchte sie, die junge Dame zu sein, die sie sein sollte, wenn es nach Mutter ging. Irgendwie vergaß Kate es immer wieder.

Im Innern, wo das Sonnenlicht nicht hingelangte, schien der Eingang düster und kalt. Schnell öffnete Kate eine weitere Tür.

Im Hauptteil der Kirche erleuchtete die Nachmittagssonne die großen Fenster. Bankreihen erstreckten sich bis nach vorne. Kate stand einen Moment da und dachte an Mama. Letzte Nacht hatte sie wieder im Dunkeln geweint.

Wenn Kate fragte: »Ist alles in Ordnung, Mama?«, gab sie nur ein Schniefen zur Antwort.

»Fühlst du dich einsam ohne Vati?«, fragte Kate als Nächstes.

Mama antwortete deutlicher, so als habe sie die Steppdecke von ihrem Kopf gezogen: »Ja, Kate. Schlaf wieder.«

Doch Kate hatte noch eine Frage. »Mama, hast du manchmal Heimweh nach Schweden?«

Mit siebzehn Jahren war Mama allein aus Schweden fortgegangen. »Manchmal«, antwortete sie mit weicher Stimme. »Manchmal.«

Mamas Worte erschreckten Kate. *Was, wenn sie sich entschloss, nach Schweden zurückzugehen? Ich müsste alle meine Freunde verlassen – Sarah Livingston und Michael Reilly –.*

Michael wurde von anderen Kindern oft aufgezogen: »Du bist verliebt in Kate!« Er wurde jedes Mal rot, bestritt es jedoch nie.

Nachts lag Kate oft eine lange Zeit wach, bevor sie wieder einschlief, und fragte sich: *Was kann ich tun?*

Kate ging im Seitenschiff der Kirche entlang. An der Orgel blieb sie stehen und schaute zurück. »Soll ich es wagen?«, fragte sie sich und war selbst überrascht, dass sie plötzlich laut gesprochen hatte.

Sie blickte sich um; die Kirche schien leer zu sein.

Kate drehte sich zur Orgel um. Nochmals schaute sie sich um. »Niemand wird es erfahren«, murmelte sie. Lautlos glitt Kate auf die Orgelbank.

Schon lange hatte sie sich gewünscht, hier zu sitzen; sie fühlte die Elfenbeintasten unter ihren Fingern. Seit einer Ewigkeit träumte sie davon, die wundervollen großen Töne hervorzubringen, die der Organist jeden Sonntag spielte. Jedes Mal, wenn ihr die Predigt zu lang war, dachte Kate an den Klang der Musik.

Sie wusste: Die Orgel würde nicht spielen, ohne dass jemand die Blasebälge, die die Luft hineinbliesen, mit der Hand bediente. Doch sie berührte die Tasten wie der Organist und tat so, als würde sie spielen. *Ich wäre eine große Organistin. Ich könnte durch Amerika reisen und Konzerte geben. Wenn ich doch nur die Möglichkeit zum Lernen hätte!*

Da ertönte von irgendwo aus den dämmerigen Ecken ein Geräusch. In einer Sekunde war Kate aus der Bank und ging weiter das Seitenschiff entlang.

Vorne in der Kirche gelangte sie in einen Vorraum, dann zu einer großen Tür. Kate straffte die Schultern in der Hoffnung, sie würde größer aussehen. Bevor sie es sich anders überlegen konnte, klopfte sie an.

Als der Klang in der Stille widerhallte, wünschte Kate, sie wäre nicht gekommen. In ihrem ganzen Leben hatte sie sich noch nie so gefürchtet. Das heißt, außer als Vati starb.

Vielleicht ist Pastor Munson nicht da. Kate war hin- und hergerissen. Einerseits wollte sie ihn sehen, andererseits hatte sie Angst, was er denken würde. Gerade als sie weglaufen wollte, öffnete sich die Tür.

»Kate!«, rief der Pastor aus. »Guten Tag!«

Seine Worte klangen wie »God Dag«, doch Kate konnte nur ein paar Worte Schwedisch. Weil Vati irischer Abstammung gewesen war und Mama Schwedin, sprach Kate zu Hause Englisch. Doch sie wusste, dass Pastor Munson »Guten Tag« sagte, und es gelang ihr, ein »Hallo« hervorzubringen.

Jedes Mal, wenn Pastor Munson vorne in der Kirche stand, sah er groß und streng aus. Jetzt, als Kate sich hinsetzte, schien er noch furchterregender.

»Was kann ich für dich tun?«, klang es aus seinem großen Sessel hinter dem großen Schreibtisch.

Kate nestelte nervös an ihrem Rock. *Wäre ich nur nie gekommen. Wo fange ich bloß an?*

In die Stille hinein klopfte jemand an der Tür. »Entschuldige mich«, sagte Pastor Munson. »Ich bin sofort zurück.«

Als er in den Vorraum ging, sah Kate sich nach einem Fluchtweg um. Zwei Wände des Arbeitszimmers waren von Büchern gesäumt. An der dritten Wand hing ein großer Kalender. Januar 1906. Daneben strömte die Sonne durch ein Fenster.

Durch das Sonnenlicht fühlte Kate sich besser. Wenn Pastor Munson zurückkommen würde, wusste sie, was sie sagen würde.

Diesmal lächelte er, als er fragte: »Womit kann ich dir helfen?«

Kate schluckte. »Als Sie am Sonntag predigten« – sie hielt inne, aus Furcht weiterzusprechen. Pastor Munson wartete einen Moment.

»Jo?« Es war das schwedische »Ja«, und seine Stimme klang ermutigend. Doch Kates Hand zitterte, als sie das kleine Medaillon berührte, das an einer Kette an ihrem Hals hing. Sie dachte an Vati und wie er ihr – an ihrem letzten Geburtstag, bevor er starb – das Medaillon geschenkt hatte.

Der Gedanke an Vati gab Kate Mut. Ihre Stimme wurde fester. »Am Sonntag in der Kirche sagten Sie, wir könnten mit Ihnen reden, wenn wir ein Problem hätten.«

Pastor Munson nickte, und Kate fuhr fort: »Also, ich habe ein Problem. Oder vielmehr, Mama hat ein Problem.«

»Jo?«, fragte Pastor Munson wieder.

»Mama braucht einen Ehemann.«

Pastor Munson räusperte sich. »Oh, wirklich?«

Kate sprudelte los. »Sie ist immer müde. Sie arbeitet hart, indem sie Kleider für reiche Damen näht. Und sie ist zwischendurch immer wieder krank gewesen.«

Kate hielt an, und Pastor Munson nickte: »Jo.« Diesmal war es keine Frage.

»Doch ich glaube, da ist noch mehr. Seit Vati tot ist, ist sie so ...«

Pastor Munson vervollständigte: »... hoffnungslos?«

»Die ganze Familie von Mama lebt in Schweden.« Einen Moment lang war Kate still und sah auf ihre nervösen Hände. Dann startete sie einen neuen Versuch. »Manchmal, wenn ich nachts wach werde, weint Mama. Am Morgen behauptet sie dann, es gehe ihr gut. Doch ihre Augen ...«

»... sehen traurig aus.«

»Jo«, sagte Kate – überrascht, dass sie das schwedische »Ja« benutzt hatte.

Jedes Mal, wenn sie Mama weinen hörte, sehnte Kate sich danach, wieder eine Familie zu haben. Sie wünschte sich, dass Vati wieder da wäre, der seine lustigen Geschichten erzählte und mit dem sie singen und lachen konnte. Sie konnte es sich selbst nicht richtig erklären. Sie wollte einfach, dass man einander lieb haben konnte.

Sie versuchte, den Gedanken zu vertreiben. Vati konnte nicht zurückkommen, nie wieder.

Kate fühlte sich erleichtert, dass Pastor Munson die Sache mit Mama zu verstehen schien. Auf einmal kam er ihr gar nicht mehr so streng vor. Tatsächlich schauten seine Augen freundlich. Als er jetzt lächelte, wusste sie, dass er sich nicht über sie lustig machte, wie es die Jungen in der Schule tun würden.

»Wie war das noch? Ist es jetzt ein Jahr her, seit dein Papa bei dem Bauunfall ums Leben kam?«

Kate nickte. Vati war immer so stark gewesen, so als ob ihm niemals etwas zustoßen könnte. Er war ein guter Zimmermann. Wenn er von der Arbeit nach Hause kam, hatte er sie jedes Mal mit einem Schwung emporgehoben und fest an sich gedrückt. Manchmal war er mit einem irischen Jig durch die Küche getanzt. Kate kamen die Tränen, als sie daran dachte.

Langsam breitete sich ein Lächeln auf Pastor Munsons Gesicht aus. »Ich denke, du hast recht. Deine Mama braucht einen Ehemann.«

»Wirklich?«

»Jo, gewiss. Doch ich möchte dich etwas fragen. Meinst du, dich an einen neuen Vater gewöhnen zu können?«

Plötzlich wurde Kate von Angst erfasst. Darüber hatte sie nicht nachgedacht.

»Es würde dein Leben verändern, weißt du. Ein neuer Papa könnte eine eigene Familie haben.«

»Vielleicht bekomme ich eine Schwester«, antwortete Kate. »Ich habe mir immer schon eine kleine Schwester gewünscht. Doch was ist, wenn ich einen *Bruder* bekomme? Das wäre *schrecklich.*« Für sich selbst fügte sie hinzu: *Es sei denn, es wäre jemand wie Michael.*

Für einen Moment saß sie da, biss sich auf die Lippen und dachte: *Pastor Munson wird einen Mann aus Minneapolis finden. Ich kann weiterhin meine Freunde sehen. Ich kann lernen, Orgel zu spielen.*

Dann dachte sie wieder daran, wie Mama in der Nacht weinte. Mehr als alles andere wollte sie, dass Mama wieder glücklich wurde.

Kate gab sich einen Ruck. Innerlich fühlte sie sich zwar unwohl, als wäre etwas nicht ganz in Ordnung, doch sie schob dieses Gefühl zur Seite. Als sie antwortete, war ihre Stimme klar und entschieden. »Ich will, dass Mama einen neuen Mann bekommt.«

»Dann werde ich darum beten«, antwortete Pastor Munson.

»Und Sie werden helfen?«

»Wenn ich kann.«

»Sie erzählen Mama nicht, dass ich hier war?«

Pastor Munson schüttelte seinen Kopf mit feierlichem Gesicht. »Es wird unser Geheimnis bleiben.«

»Gut.« Kate war erleichtert. Sie stand auf, um zu gehen. »Es ist also alles ausgemacht.«

Doch Pastor Munson hob seine Hand. »Einen Moment noch, junge Dame.«

Kate blieb stehen.

»Lass uns dafür beten, bevor du gehst. Es ist besser, wir bitten Gott, uns zu helfen.«

Kate nickte. »Ich dachte mir, dass Sie der Richtige dafür sind.«

»Oh ja, das stimmt. Ich habe eine Menge Übung.« Seine dunklen Augen funkelten. »Doch da du mich um Hilfe gebeten hast, dachte ich, du würdest gern für mich beten.«

»Ich? *Ich* soll für *Sie* beten?«

»Jo.« Das Wort klang sanft. Dann erfüllte eine erwartungsvolle Stille den Raum.

»Ich?«, fragte Kate noch einmal. Selbst in ihrer größten Furcht hatte sie nicht an so etwas Entsetzliches gedacht. »Aber das ist es doch, wofür Pastoren bezahlt werden.«

Pastor Munsons Augen schienen zu lächeln, doch seine Stimme klang ernst. »Es ist schwer, ein Ehevermittler zu sein. Ich denke, ich brauche Gottes Hilfe.«

Langsam setzte Kate sich wieder hin und schaute nach unten. Die Gedanken schossen ihr durch den Kopf wie die Eichhörnchen, die draußen vor der Kirche den Baum hinauf- und hinunterrannten. *Was sage ich?*, fragte sie sich in Panik. *Wie soll ich für ihn beten?*

»Sprich ganz einfach«, sagte Pastor Munson, als hätte er ihre Gedanken gelesen.

Kate fühlte sich dadurch noch unwohler. Eine Uhr tickte, der Augenblick schien endlos zu sein. Kate konnte ihre Gedanken nicht ordnen. Sie war so oft böse auf Gott gewesen und hatte ihm gesagt: »Wenn du mich liebst, lieber Gott, warum hast du Vati dann sterben lassen?« Oder sie hatte gedacht: *Vielleicht kann Gott meine Gebete gar nicht hören?*

Kate sah keinen Ausweg. Mama zuliebe musste sie es versuchen. Und Pastor Munson wartete.

Kate kniff ihre Augen zu und räusperte sich. »Mama braucht deine Hilfe, Gott«, betete sie. »Sie braucht einen Ehemann. Hilf Pastor Munson, einen zu finden. Amen.«

Als Kate aufschaute, öffnete Pastor Munson gerade seine Augen. Sein Gesicht strahlte. Er stand auf und schüttelte Kate die Hand. »Danke. Ich werde mein Bestes tun.«

Irgendwie fühlte Kate sich besser. Sie murmelte ein schnelles Dankeschön und ging zur Tür. Als sie den Vorraum erreichte, war sie froh.

Sie drehte sich zu Pastor Munson um. »Ich kann kaum abwarten, was geschieht!«

Sonntagsüberraschung

Draußen angelangt, legte Kate den ganzen Weg bis nach Hause im Laufschritt zurück. In der zweiten Etage eines großen Hauses hatte Mama mehrere Zimmer gemietet. Kate sprang die Stufen hoch und stieß die Küchentür auf. Drinnen stand ein Mann. Kate sah nur seinen breiten Rücken.

Auch ohne sein Gesicht zu sehen, wusste Kate, wer es war – der Hausbesitzer, der die Miete verlangte. Ein Schauer lief Kate über den Rücken. Es war ein Schauer, der nicht von der Januarkälte stammte.

»Ich werde sie nicht mitten im Winter vor die Tür setzen«, sagte er. Er richtete sich zu seiner vollen Größe auf. »Schließlich bin ich ein Ehrenmann. Doch hören Sie gut zu: Bis zum 15. März, das ist mein letztes Wort.«

Er schritt an Kate vorbei und ging zur Treppe.

Mama stand am Herd. Ihr hochgestecktes Haar schimmerte goldfarben im Licht der Lampe. Ihre Wangen waren mit Tränen bedeckt.

Kate warf sich in die Arme ihrer Mutter, und Mama drückte sie an sich. »Es ist alles gut, Kate. Es ist schon gut.«

Doch Kate war sich sicher, dass es nicht gut war. Sie trat zurück und blickte Mama ins Gesicht. Kates Augen waren von einem tieferen Blau als die von Mama. Für eine Frau war sie ziemlich groß, und Kate war klein für ihr Alter. Heftig protestierend rief Kate aus: »Ich hasse ihn! Ich hasse ihn!«

Mamas strenge Stimme unterbrach sie. »Hör auf, Kate!« Sie wandte sich wieder zum Herd und rührte im wässrigen Eintopf. Ihre Stimme klang müde. »Er verlangt nur, was ihm zusteht. Wenn ich nur mehr Geld verdienen würde, damit wir bleiben können.«

Kate stakste aus der Küche und hielt sich die Ohren zu. Sie kannte die Wahrheit, wollte aber die Hoffnungslosigkeit in Mamas Worten nicht hören. Manchmal nähte sie bis tief in die Nacht hinein; dann wiederum war es schwer, überhaupt eine Arbeit zu finden.

»Gibt es noch irgendetwas, das wir verkaufen können?«, fragte Kate, indem sie sich umsah.

Mama folgte ihr ins Wohnzimmer, die Schultern hingen mutlos herunter.

»Ich werde mehr Arbeit finden«, sagte Kate mit ärgerlicher Stimme. »Ich gehe von der Schule.«

»Nein!«, rief Mama aus. »Du arbeitest schon genug nach der Schule und an den Samstagen. Du musst etwas lernen, damit du deinen Weg machst.«

»Dummer, alter Kerl mit seinem ›Das ist mein letztes Wort!‹«, murmelte Kate und biss sich wieder einmal auf die Lippen. Sie wollte nicht mit Mama streiten. Sie hatten schon einige Male darüber gesprochen. Der Schmerz in Kate saß tief.

Zwei lange Wochen wachte sie jeden Morgen in der Hoffnung auf, sie würde etwas von einem Mann für Mama hören. Eines Morgens sagte Kate zu ihr:

»Der Rest von Januar, dann Februar, fünfzehn Tage im März, und er wird uns hinaussetzen. Wo sollen wir hingehen?«

Mama antwortete nicht, dafür erschien eine weitere Falte auf ihrer Stirn.

Kate wartete und überlegte. Die Tage zogen sich hin wie eine Ewigkeit. *Vielleicht hatte Pastor Munson sein Versprechen vergessen. Vielleicht war es ein zu großer Auftrag, sogar für Gott.*

An einem Samstag, Mitte Januar, verkaufte Mama ein weiteres Möbelstück. Als sie nach Hause kam, bat sie: »Hilf mir, Kate. Lass uns meine Truhe ins Esszimmer schieben.«

Kate fasste den einen Ledergriff, Mama nahm den Griff an der anderen Seite. Zusammen zogen sie die Truhe über den Boden ihres kleinen Wohnzimmers. Eine Locke fiel in Mamas Stirn. Jetzt sah sie jung und hilflos aus.

Doch Kate wusste, dass Mama eigentlich nicht hilflos war. Sie kannte die Geschichte der hölzernen Truhe und wollte sie noch einmal hören. »Du hast sie den ganzen weiten Weg aus Schweden mitgebracht?«

»Jo«, sagte Mama. »Ich hatte das Amerikafieber. Überall in Schweden gingen Leute fort. Ich musste einfach nach Amerika!«

»Und dein Vater hat diese Truhe selbst gemacht?«, fragte Kate, wie jedes Mal.

Mama nickte. »Ich arbeitete als Magd auf einer Farm. Alles, was ich verdiente, sparte ich für eine Fahrkarte nach Amerika. Schließlich, als ich siebzehn war, gab mein Papa – dein Großpapa – es auf. ›In Ordnung, in Ordnung! Es ist sinnlos zu versuchen, dich hierzubehalten.‹ Er begann, die Truhe zu bauen.

Als ich schließlich aufbrach, wollte Mama nicht mit zum Zug gehen. Sie meinte: ›Ich kann es einfach nicht.‹ Also gingen Papa und ich allein. Es war das einzige Mal, dass ich ihn weinen sah.«

Und wie jedes Mal stieß Kate hervor: »Und als du nach Amerika kamst, hast du als Dienstmädchen gearbeitet?«

»In einer Pension«, antwortete Mama. »Ich sparte mein Geld, ließ mich fotografieren und schickte das Bild nach Hause.«

Mama ließ den Griff der Truhe los und ging ins Schlafzimmer. Sie kam mit einem gerahmten Bild zurück. »Dann haben sie dieses Foto machen lassen.«

Sie zeigte: »Mama und Papa sitzen in der Mitte. Daneben sitzen meine fünf Schwestern und zwei Brüder. Und das ist Sophia – die mir im Alter am nächsten kommt. Sie hält mein Bild in der Hand.«

»So gehörtest du immer noch zur Familie«, sagte Kate, in der Hoffnung, sie würde weitererzählen.

Doch diesmal erzählte Mama den Rest der Geschichte nicht. Sie legte das Bild hin, nahm wieder den Griff der Truhe und zog mit einem kräftigen Ruck. »Hierher. Neben die Küchentür.«

Als die Truhe an Ort und Stelle war, stellte sie das Bild auf den breiten flachen Deckel. Jetzt erkannte Kate, warum Mama die Truhe verschieben wollte.

Beim Essen schaute Mama durch die Türöffnung zum Bild. Sie sah sehr oft dorthin.

Die Traurigkeit in Mamas großen blauen Augen beunruhigte Kate. *Was, wenn sie beschloss, nach Schweden zurückzukehren?* Kate fragte sich das immer wieder.

Etwas an dem Bild zog Kate an. Tief in ihrem Innern sehnte sie sich danach, Teil einer großen Familie zu sein. *Werden Mama und ich jemals wieder richtig glücklich sein?*

Als sie und Mama am nächsten Morgen zum Sonntagsgottesdienst aufbrachen, dachte Kate immer noch an das Bild. In der Kirche setzten sie sich auf Kates Lieblingsplatz. Von dort konnte sie den Organisten sehen. Als Kate den vollen Tönen zuhörte, vergaß sie ihre Sorgen. Während der Predigt spielte sie die Lieder immer wieder in ihren Gedanken durch. Schließlich war sie sich sicher, dass sie jede Note behalten hatte.

Während die Predigt sich dahinzog, dachte Kate an Jenny Lind. Wegen ihrer Art zu singen nannten die Leute sie die schwedische Nachtigall. Lange bevor Kate geboren wurde, reiste Frau Lind durch die Vereinigten Staaten, gab Konzerte und verbreitete Hoffnung.

Wenn ich Orgel spielen könnte, würde ich die Menschen dazu bringen, genauso zu empfinden. Selbst Mama würde sich besser fühlen. Sie würde lachen wie damals, wenn Vati sang. Kate erinnerte sich an Vatis irische Tenorstimme, als sei es gestern gewesen.

Als Pastor Munson ihnen nach dem Gottesdienst die Hand schüttelte, zog er Kate und Mama beiseite. »Meine Frau hat heute ein leckeres Huhn zubereitet. Möchten Sie nicht mit uns essen?«

Der Pastor und seine Frau wohnten neben der Kirche. Als Kate und Mama das Wohnzimmer betraten, bemerkten sie, dass schon jemand da war. »Das ist Herr Carl Nordstrom«, stellte Pastor Munson ihn vor. »Er hat heute unsere Kirche besucht.«

Während Mama und Herr Nordstrom ihr »God Dag« sagten, warf Kate schnell einen Blick zu Pastor Munson. Sein Gesicht war ernst wie immer, in seinen Mundwinkeln spielte jedoch ein Lächeln. Kate unterdrückte gerade noch ein Kichern. Er hatte sein Versprechen nicht vergessen!

Beim Essen blickte Kate so oft sie konnte zu Herrn Nordstrom. Seine schwarze Anzugjacke verbarg breite, starke Schultern, und Kate schätzte, dass er über 1,80 Meter groß war. Sein braunes Haar und sein Schnurrbart waren gut gestutzt. Seine Haut sah aus wie Vatis von der Arbeit im Freien.

Kate mochte Herrn Nordstrom. Vielleicht wäre er ein guter Mann für Mama.

Während sie Huhn, Kartoffelpüree und Bratensoße aßen, fragte Pastor Munson Herrn Nordstrom nach seiner Familie. »Tina ist vier, Lars fast neun, und Anders ist zwölf«, antwortete er mit dem gleichen Akzent wie Mama. Hin und wieder benutzte er schwedische Worte, doch sein Englisch war gut.

Eine kleine Schwester! Kate wollte mehr wissen. *Ich habe mir immer eine jüngere Schwester gewünscht. Aber zwei Brüder? Sarah sagt, Brüder sind eine fürchterliche Plage.*

»Sie kennen also meinen alten Freund, Reverend Hult?«, fragte Pastor Munson.

Herr Nordstrom nickte. »Er ist mein Pastor in Trade Lake. Er sagte mir, ich solle Sie grüßen, wenn ich nach Minneapolis komme.«

»Trade Lake?«, fragte Kate. Sie wusste, dass es nur Erwachsenen erlaubt war zu sprechen, doch sie konnte sich nicht zurückhalten.

»Trade Lake, Wisconsin«, antwortete Herr Nordstrom. »Das ist die Stadt, die meiner Farm am nächsten liegt. Der Kaufmann Carlson hat dort einen großen Laden. Die Indianer bringen von weit her im Umkreis ihre Felle zu ihm.«

»Oh«, sagte Kate mit leiser Stimme. »Sie leben in Wisconsin?« Kate war entsetzt. *Wisconsin wäre noch schlimmer als Schweden! Sarah sagt, Wisconsin ist eine Wildnis.*

Herr Nordstrom nickte. »Jo, ich bin Farmer.«

»Und ihre Farm liegt in den großen Wäldern von Wisconsin?«, fragte Mama.

»Am Rand der großen Wälder«, erwiderte Herr Nordstrom. »Und am Hang eines steilen Berges. Wir nennen sie Windy Hill Farm.«

Er sprach voller Begeisterung. »Im Westen über dem Rice Lake sehen wir den Sonnenuntergang. Südlich vom Haus habe ich ein Maisfeld angelegt, und nördlich von der Scheune lege ich ein weiteres an. Es ist ein guter Platz zum Leben.«

Doch Kate beeindruckte das nicht. »Gibt es dort Bären?«, fragte sie ängstlich. Sie warf ihren langen Zopf über die Schulter und beugte sich vor. »Meine Freundin Sarah sagt, es gibt große Bären in Wisconsin.«

Herr Nordstrom lächelte. »Jo, es gibt Bären bei uns und sie sind manchmal fünfhundert Pfund schwer. Doch sie haben mehr Angst vor uns, als wir vor ihnen haben müssen.«

Kate glaubte ihm nicht. »Aber Sarah sagt, Bären sind wild und gefährlich und werfen Blockhütten um und brechen Bienenstöcke auf und …«

»Kate!« Mamas Stimme klang sanft, doch es lag eine Warnung darin. Es war ihre Art, sie zu ermahnen, dass man Kinder sehen, aber nicht hören sollte.

Kate hatte ihre Meinung geändert. Die Idee mit Herrn Nordstrom aus Wisconsin gefiel ihr nicht. Sie wünschte sich, er ginge nach Hause und würde dort bleiben.

»Bei uns leben zum überwiegenden Teil große Schweden«, fuhr Herr Nordstrom fort. »Der Dorfmarshal von Grantsburg, wo sich die Eisenbahnstation befindet, ist 2,28 Meter groß und 360 Pfund schwer. Bei ihm ist jeder Unruhestifter in guten Händen!«

»2,28 Meter?« Kate vergaß, still zu sein. Sie konnte sich jemanden, der so groß war, kaum vorstellen. Dann stellte sie eine weitere Frage: »Was für Unruhestifter haben Sie in Wisconsin?«

Doch Mama hatte ihre eigenen Fragen. »Und Ihre Frau? Wie gefällt es ihr, in der Wildnis zu leben?«

Plötzlich fürchtete sich Kate; sie wünschte sich, Mama hätte nicht gefragt. Jetzt würde sie es erfahren.

Schnell blickte Kate zu Pastor Munson. Wieder spielte ein Lächeln um seine Mundwinkel. Kate wäre am liebsten fortgelaufen und hätte sich versteckt.

Herr Nordstrom wandte sich mit festem Blick an Mama. »Meine Frau starb vor acht Monaten. Sie hatte Scharlach.«

»Das tut mir leid«, sagte Mama schlicht. »Mein Mann ist auch gestorben – bei einem Bauunfall.«

Für einen Augenblick sahen sie einander an. Herrn Nordstroms blaue Augen trafen sich mit ihren noch blaueren Augen.

Wieder empfand Kate diese Angst. *So hatte ich es mir nicht vorgestellt! Würde Mama nur nicht so schön aussehen. Sie soll einen Mann aus Minneapolis bekommen. Sie soll hierbleiben.*

Schließlich bedankten sie sich für das Essen, und Herr Nordstrom brachte Kate und Mama nach Hause. Kate ging schnell. *Wenn die beiden doch bloß nicht so viel miteinander reden würden.*

Kate freute sich, wieder das Leuchten in Mamas Augen zu sehen. Sie freute sich, sie wieder lachen zu hören. Doch alles andere an Herrn Nordstroms Besuch gefiel ihr gar nicht.

Das schrecklich nervöse Gefühl in Kates Magen wollte nicht verschwinden. *Was, wenn Mama sich ent-*

schied, Herrn Nordstrom zu heiraten? Was, wenn er sie bitten würde, in die Wildnis von Wisconsin zu ziehen? Etwas Schlimmeres konnte Kate sich nicht vorstellen.

Mamas Wahl

Danach kamen aus Wisconsin immer wieder Briefe; nach Kates Meinung viel zu oft. Jedes Mal, wenn ein neuer Brief eintraf, wurde sie unruhiger. Mamas blaue Augen strahlten jetzt immer. Oft fragte sie: »Ist Post für mich da?«

Eines Nachmittags im Februar kam Herr Nordstrom zu Besuch. Als er wieder fort war, teilte Mama mit, dass sie und Herr Nordstrom in einem Monat heiraten würden.

»Aber liebst du ihn denn?«, fragte Kate. Plötzlich dachte sie nicht mehr an die Miete, die sie nicht bezahlen konnten, und auch nicht mehr daran, wie Mama nachts immer geweint hatte. »Liebst du ihn denn so, wie du Vati geliebt hast?«

»Noch nicht«, antwortete sie ruhig. »Aber ich werde es.«

»Du *wirst*?«

»Ich habe deinen Vati sehr geliebt.« Ihre Stimme klang warm, während sie sich erinnerte. »Er wird immer einen besonderen Platz in meinem Leben haben. Nichts kann das ändern.«

»Aber Mama«, unterbrach Kate.

Mama tat, als habe sie es nicht gehört. »Dein Vati und ich haben einmal darüber gesprochen, was ich tun solle, wenn ihm etwas zustoßen würde.« Plötzlich stiegen Mama Tränen in die Augen.

Sie wischte sie fort und bemühte sich, weiterzusprechen. »Ich wollte nicht darüber nachdenken. Ich wollte nicht, dass irgendetwas unsere Liebe störte. Aber der Tod nahm keine Rücksicht.«

Mama schluckte, dann erzählte sie weiter. »An jenem Tag sagte mir dein Vati –«

»Du müsstest weitergehen«, beendete Kate den Satz. »Du solltest den Dingen ins Auge sehen, selbst wenn du Angst hättest.«

Mama lächelte sanft. »Woher weißt du das?«

In diesem Augenblick fühlte Kate sich erwachsen. »Er hat einmal das Gleiche zu mir gesagt.«

Mama schloss sie in die Arme. Ihre Umarmung tat gut. Die nächsten Worte klangen gedämpft durch Kates Haar hindurch. »Ich habe gebetet, und ich glaube, Herr Nordstrom ist Gottes Antwort, uns zu helfen. Er ist ein guter Mann, ein freundlicher Mann, ein Christ. Er wird für uns sorgen. Und ich kann ihm helfen.«

»Du würdest ihn ohne *Liebe* heiraten?« Kate war so bestürzt, dass sie sich aus Mamas Umarmung löste. »Ohne die Art von Liebe, die du für Vati hattest?« Als sie und Pastor Munson beteten, hatte Kate sich vorgestellt, Mama würde ein schönes neues Kleid tragen und ihre Augen würden vor Glück leuchten.

Gerade jetzt schimmerten Tränen in ihren Augen, doch ihre Stimme klang fest. »Wenn wir zusammen arbeiten, werde ich lernen, ihn zu lieben. Gott hat mir Frieden darüber gegeben.«

»Gott!« Kate wollte ausspucken. Gerade rechtzeitig riss sie sich noch zusammen. Sie wagte nicht, Mama zu sagen, was sie über Gott dachte. Oder über Pastor Munson, dass er wegen eines Ehemannes nach Wisconsin geschrieben hatte. Mama konnte eigensinnig sein, genauso eigensinnig wie Kate.

»Fürchtest du dich nicht davor, in einer Wildnis zu leben?«, fragte Kate stattdessen. »Dort wird alles schrecklich und fremd sein.«

Mama erwiderte nichts, und Kate sprach weiter: »Ich hätte gern eine kleine Schwester und eine glückliche Familie. Aber zwei *Brüder*? Und einer davon in meinem Alter?«

Mama schwieg immer noch.

Kates Stimme wurde lauter. »Ich müsste alle meine Freunde verlassen!«

»Jo«, antwortete Mama. Kate war überrascht. Als Vati lebte, hatte sie immer das englische »Ja« benutzt.

»Jo«, sagte sie noch einmal. »Das tut mir leid. Doch stattdessen wirst du eine Familie haben. Und du wirst neue Freunde finden.«

»Neue Freunde in einer Wildnis? Sarah sagt, wir werden in einer Blockhütte leben. Sie sagt, es ist unzivilisiert, wilde Tiere laufen überall herum. Wir wären dort am Ende der Welt!«

»Kate, warte doch erst einmal ab«, sagte Mama.

»In einer Wildnis kann ich keine Orgelstunden nehmen!«

Ein Schatten legte sich auf Mamas Gesicht. Sie seufzte.

»Ich weiß, Kate. Aber warte doch ab. Vielleicht wird es nicht so schlecht, wie du denkst.«

»Warte ab, warte ab? Das ist mein *Leben*!« Kates Stimme ging in ein Jammern über. Sie war ärgerlich auf Gott, dass er ihr Gebet so beantwortet hatte. Aber da war noch mehr: Sie hatte Angst. Angst, weil Mama den Heiratsantrag von Herrn Nordstrom angenommen hatte. Angst davor, Sarah und Michael und ihre anderen Freunde verlassen zu müssen. Angst davor, wie sich ihre Welt verändern würde.

Kate warf ihren Zopf über die Schulter und richtete sich kerzengerade auf. »Wenn ich gewusst hätte, dass das passieren würde, hätte ich nie mit Pastor Munson über dich gesprochen!«

»Du hast *was*?« Mamas blaue Augen waren dunkel vor Zorn. »*Du* hast mit Pastor Munson über *mich* gesprochen?«

»Oh!« Kate schlug sich mit der Hand auf den Mund. Doch es war zu spät.

»Was genau hast du gesagt, Katherine Marie O'Connell?«

Mama wartete, bis die ganze Geschichte herauskam. Als Kate fertig war, glühten zwei helle rote Flecken auf Mamas Wangen. Kate hatte sie nie zuvor so zornig gesehen.

»Also, wenn das so ist«, sagte sie, »werde ich Herrn Carl Nordstrom aus Wisconsin sicherlich nicht wiedersehen. Nie wieder. Wenn er glaubt, ich suche nach einem Mann.«

Tränen stiegen ihr in die Augen, sie wirbelte

herum und stürzte ins Schlafzimmer. Nie zuvor hatte Kate ihre Mutter eine Tür zuschlagen hören. Der Knall hallte durch alle Räume.

Kate sank auf den Boden und begrub ihr Gesicht in den Händen. Genau das hatte sie erreichen wollen. Doch sie fand es schrecklich, Mama wehzutun.

Dann dachte Kate an die Worte des Vermieters und an die Miete, die sie nicht bezahlen konnten. Der fünfzehnte März war nur noch einen Monat entfernt.

Kate spürte wieder die Angst – eine größere Angst, als in einer Wildnis zu leben.

Ich kann nicht einmal mehr von einer Familie träumen. Vielleicht wäre es letzten Endes doch nicht so schlecht gewesen, in Wisconsin zu leben.

In den folgenden zwei Wochen sah Kate wenigstens fünf Briefe, die an Frau Ingrid O'Connell adressiert waren. Mama beantwortete nicht einen davon.

Gut!, sagte sich Kate. *Wir müssen also nicht nach Wisconsin umziehen!* Aber richtig froh machte dieser Gedanke sie nicht. Während die Tage vergingen und Mama so tat, als wäre nichts geschehen, begann Kate, sich zu schämen. Noch schlechter fühlte sie sich, wenn sie nachts aufwachte, weil Mama weinte.

Eines Freitagabends hörte Kate ein Klopfen an der Tür. Als sie öffnete, stand Herr Nordstrom auf den Stufen. Unter einem langen Waschbärfellmantel trug er seinen schwarzen Anzug. Schnurrbart und Bart in seinem sonnengebräunten Gesicht waren frisch gestutzt.

»Guten Abend, Kate«, sagte er und tippte dabei an seinen Hut. »Ich möchte gern zu deiner Mutter.«

Kate trat von der Tür zurück. »Was wollen Sie?«, stieß sie hervor. »Zugfahrkarten kosten Geld. Es scheint sehr dringend zu sein.«

Ein Ausdruck des Befremdens zog über Herrn Nordstroms Gesicht. Kate war verlegen, dass sie so vorlaut gewesen war. Dann erinnerte sie sich an ihre Manieren. »Mama ist da. Bitte kommen Sie herein.«

Im Wohnzimmer legte Mama ihre Näharbeit beiseite und stand auf. Sie sah nicht erfreut aus. »Guten Abend, Herr Nordstrom«, sagte sie steif und förmlich. Als sie seinen Mantel aufhängte, röteten sich ihre Wangen jedoch leicht.

Sie setzte sich wieder; Herr Nordstrom zog einen Stuhl heran und setzte sich ihr gegenüber. Er sah sogar noch verlegener aus als sie. Zweimal räusperte er sich, brachte aber kein Wort heraus.

Kate konnte kaum erwarten, was beide sagen würden. Doch als sie sich setzen wollte, erklangen Mamas Worte: »Danke, Kate.« Das war Mamas Art, ihr zu sagen, sie solle gehen.

Kate ließ sich Zeit, während sie Richtung Schlafzimmer ging. Einmal drinnen, ließ sie die Tür einen Spalt auf. Dann glitt sie zu Boden und linste hindurch. Mama und Herr Nordstrom saßen beide genau so, dass Kate sie sehen konnte.

Mamas Gesicht sah frostig aus, als wäre sie diejenige, die aus der Februarnacht hereingekommen war. »Es muss kalt auf dem Weg gewesen sein, Herr Nordstrom«, sagte sie, ohne ihr sonstiges Lächeln. »Ich habe etwas Kaffee hinten auf dem Ofen. Möchten Sie eine Tasse?«

Schon war sie mit einem Tablett voll Plätzchen, Tassen und Tellern zurück. Die Strähnen aus ihrem Haar, die ihr während des Essens ins Gesicht gefallen waren, befanden sich jetzt dort, wo sie hingehörten.

Als Mama und Herr Nordstrom ihre Stühle an den Tisch gezogen hatten, nahm er einen ausgiebigen Schluck Kaffee, dann hustete er.

Er hat sich die Zunge verbrannt!, dachte Kate. Sie freute sich regelrecht über sein Unbehagen. Als er schnell seine Tasse absetzte, klirrte die Untertasse.

Mama zeigte wenig Sympathie. »Sie hätten nicht kommen sollen, Herr Nordstrom.«

»Ich wollte kommen, Frau O'Connell«, antwortete er ebenso steif wie sie. Als er den Kaffee auf seine Untertasse goss, sah Kate Entschlossenheit in seinen Augen.

»Meine Tochter war sehr voreilig«, sagte Mama; ihre Stimme klang weich und verlegen. »Ich wusste nicht, was sie getan hatte.«

Herrn Nordstroms tiefe, feste Stimme war schwer zu hören. Kate schnappte nur dann und wann ein Wort auf. Er und Mama sprachen abwechselnd.

Dann waren Herrn Nordstroms Worte deutlich zu verstehen. »Ich brauche eine Frau. Vielleicht brauchen Sie einen Mann. Meine Kinder brauchen eine Mutter. Vielleicht braucht Kate einen Vater.«

Zum ersten Mal lachte Mama. »Sie braucht allerdings einen Vater. Einen, der sie übers Knie legt!«

Herr Nordstrom stimmte mit tiefer Stimme in ihr Lachen ein. »Und wie ist es mit Ihnen?«, fragte er leise.

»Ich war glücklich, bevor ...«, sie hielt inne, und Kate drückte sich dichter an die Tür, um angestrengt zu lauschen.

»... bevor Ihr Mann starb?«

Mama nickte langsam, doch sie blickte Herrn Nordstrom nicht in die Augen. Kate hätte gerne gewusst, was sie wirklich sagen wollte.

Herr Nordstrom schien es zu vermuten. »Und Sie möchten einen Mann heiraten, den Sie lieben.«

Mama sah überrascht auf. »Jo«, sagte sie sanft. Ihre Stimme klang wieder sehr schwedisch.

Plötzlich stand Herr Nordstrom auf und schlenderte zum Fenster hinüber. Eine lange Weile starrte er auf die Straße. Kate wusste: Es gab dort nur eines zu sehen – die Gaslaternenbeleuchtung. Doch Herr Nordstrom sah dort hinunter, als hinge sein Leben davon ab.

Dann schien er einen Entschluss gefasst zu haben. Er drehte sich um, ging hinüber und stellte sich vor Mama. Dort wartete er, bis sie in seine Augen schaute.

»Auf welche Weise wir uns getroffen haben, ist nicht das Entscheidende«, sagte er. »Wir können einander helfen.«

Er räusperte sich. Die Worte schienen ihm schwerzufallen. »Ich kann nicht versprechen, dass Sie mich lieben werden. Doch bevor Sie herausfanden, was Kate getan hatte, waren wir Freunde. Sollen wir nicht noch einmal von vorne anfangen?«

Für eine lange Minute war absolute Stille im Zimmer. Kate wartete und wagte kaum zu atmen. Mama sah Herrn Nordstrom an, als denke sie über seine Worte nach. Dann nickte sie und lächelte.

»Es ist warm für Februar«, sagte Herr Nordstrom. »Lassen Sie uns einen Spaziergang machen.«

Mama nickte und stand auf. Schon kam sie durch das Wohnzimmer zum Schlafzimmer. Kate raffte sich auf, jedoch nicht schnell genug. Da Mama die Tür weit aufschwang, schlug sie gegen Kate. Sie schien nicht überrascht zu sein, Kate auf dem Boden zu finden.

Als Mama und Herr Nordstrom zu ihrem Spaziergang aufbrachen, stieg in Kates Magen ein ängstliches Gefühl hoch. Keiner musste ihr etwas sagen. Mama und Herr Nordstrom würden heiraten. Wie würde es wirklich sein, in einer Wildnis zu leben?

Der Blueberry Special

Ob die Kinder von Herrn Nordstrom mich mögen werden?«, fragte Kate, während sie auf dem Bahnsteig des Bahnhofs warteten.

An diesem Morgen hatten Kate, Mama und Herr Nordstrom die Northern-Pacific-Eisenbahn bestiegen und waren in den Norden nach Rush City gefahren. Jetzt kaufte Mamas neuer Ehemann Fahrkarten für einen anderen Zug, den Blueberry Special, der sie nach Nordwest-Wisconsin bringen würde.

Kate zitterte im Märzwind, doch die Kälte kam aus ihrem Herzen. »Wie seine Kinder wohl sind?«, stellte sie zum hundertsten Mal die gleiche Frage.

Und zum hundertsten Mal antwortete Mama: »Sobald wir nach Grantsburg kommen, wirst du es herausfinden!«

Bahnfahrkarten waren teuer. Herrn Nordstroms Kinder waren deshalb auf der Farm geblieben, als er nach Minneapolis kam, um Mama zu heiraten. In einem Augenblick konnte Kate es kaum erwarten, sie zu treffen; doch im nächsten Augenblick fürchtete sie sich bei dem Gedanken. Sie wurde ihre Angst einfach nicht los.

In Gedanken verloren bemerkte sie nicht, dass ein Mann eilig um die Ecke des Bahnhofs bog. Er stieß mit Kate zusammen und warf sie fast um.

»Entschuldigung, Fräulein«, sagte er, als sie ihr

Gleichgewicht wiederfand. Doch sein makelloser Hut saß immer noch wie angegossen auf seinem Kopf. Und seine grauen Augen drückten keine Entschuldigung aus.

Ohne ihre Antwort abzuwarten, eilte der Mann weiter. Kate blickte ihm nach. Seine Schuhe klackerten auf dem hölzernen Bahnsteig. Dann rumpelte ein Karren hoch beladen mit Gepäck dazwischen.

An einem Ende des Karrens befand sich die hölzerne Truhe aus Schweden. Zwei Männer packten sie an den Ledergriffen und schwangen sie durch die breite Tür des Gepäckwagens.

Die Truhe war schwer, das wusste Kate. Mama hatte alles verkauft, was sich nur verkaufen ließ, um die Miete zu bezahlen. Es war nur wenig Geld übrig geblieben. Was noch von ihren Habseligkeiten vorhanden war, hatte sie in die Truhe gepackt.

Der kalte Märzwind stach Kate in den Augen. Doch nicht der Wind verursachte ihre Tränen. Die Truhe bedeutete Zuhause, ein Zuhause, das fortgepackt worden war. Kates Gefühle dagegen konnte Mama nicht fortpacken.

Mittlerweile wusste Kate mehr über Wisconsin, und ihre Gedanken sprudelten als Worte heraus. »Sarah hat gesagt, es gibt nur Blockhütten in Wisconsin.«

Mama lachte. »Herr Nordstrom lebt in einem weißen Holzhaus.«

Kate glaubte ihr nicht. »Im Winter bläst der Wind durch die Ritzen zwischen den Stämmen. Im Sommer krabbeln Spinnen hindurch.«

Mama lachte wieder. »Oh Kate.«

»Sarah sagt, dort werden im Umkreis von Meilen keine anderen Menschen leben. Nur Bären. Viele Bären.« Kate war sich sicher, dass Sarah auch darin recht hatte.

Mama schien das alles nicht zu stören. Ihre Wangen waren immer noch gerötet, ihre blauen Augen glücklich. Gestern hatten sie und Herr Nordstrom vor Pastor Munson gestanden, und er hatte sie getraut.

Mama hatte Kate gebeten, ihre Brautjungfer zu sein. Sie lächelte sanft, als sie Herrn Nordstrom in die Augen blickte und sagte: »Ja, ich will!« Kate wusste: Mamas Versprechen galt für immer. Herrn Nordstroms »Ja, ich will!« war noch stärker.

Kate hatte versucht, ein Lächeln aufzusetzen, doch sie musste ihren Ärger hinunterschlucken. »In einer Wildnis werde ich nie lernen, Orgel zu spielen!«, hätte sie beinahe herausgeschrien. Dann dachte sie an ihre Freunde. *Ich sehe Sarah und Michael vielleicht nie wieder.*

Als Kate sich von ihnen verabschiedet hatte, kam es ihr vor, als gehe sie ans Ende der Welt. *Vielleicht ist es so.* Während sie an ihre neuen Brüder und ihre Schwester dachte, fragte sie sich: *Werden sie mich mögen?* Kate fühlte sich innerlich hohl, ängstlich davor, ein neues Leben zu beginnen.

»Mama? Erzählst du mir von Vati?« Kates Stimme klang leise und unsicher.

»Wieder?«, fragte sie.

»Wieder«, antwortete Kate.

Mama seufzte, so als ahne sie, wie Kates Empfindungen Herrn Nordstrom gegenüber waren. Doch sie erzählte die Geschichte noch einmal. Kate hörte zu wie immer, seit sie ein kleines Mädchen war.

»Brendan und ich trafen uns an dem Tag, an dem ich eine Fahrkarte kaufen wollte, um zurück nach Schweden zu gehen«, begann sie. »Er wohnte in der Pension, in der ich als Dienstmädchen arbeitete.«

Ihr Blick wurde ganz mild, während sie sich erinnerte. »Er kam aus Irland, ungefähr zu der Zeit, als ich aus Schweden kam. Einige Schweden meinten zu mir: ›Du wirst doch keinen Iren heiraten?‹, und die Iren sagten ihm: ›Du wirst doch keine Schwedin heiraten? Ein gut aussehender Junge wie du?‹ Brendan lächelte jedes Mal und erwiderte ihnen: ›Sie ist eine riesige Frau.‹«

Mamas Lachen klang wie bei einem jungen Mädchen. »So heirateten wir, und ich habe es nie bereut. Als du geboren wurdest, fragten die Leute: ›Wird sie Irisch oder Schwedisch sprechen?‹ Dein Vati sagte ihnen: ›Die Kleine? Dieses kleine Mädchen ist Amerikanerin!‹ Und eine Amerikanerin bist du!«

Einen langen Augenblick war es still zwischen ihnen. Dann, ohne nachzudenken, sprach Kate aus, was sie auf dem Herzen hatte. »Er ist so anders. Herr Nordstrom ist so anders als Vati.«

»Jo«, antwortete Mama und hob ihr Kinn. »Doch denk daran, junges Fräulein, anders heißt nicht verkehrt!«

Augenblicklich schämte sich Kate. *Ich glaube, ich sollte dankbar sein.* Sie dachte an den langen, harten Winter. *Ich sollte dankbar sein, dass Herr Nordstrom für uns sorgen will.* Stattdessen quoll Zorn über den Umzug in ihr hoch, wie die Rauchwolken der Lokomotive.

Der Zugführer unterbrach ihre Gedanken. »Alles eiiin-steiiigen! Alles eiiin-steiiigen!«

Herr Nordstrom kam zurück und half Mama und Kate die Stufen in den Wagen hoch. An der Rückwand stand ein Holzofen, in dessen Wärme er sie führte. Kate ließ sich auf den Sitz gegenüber von Herrn Nordstrom und Mama fallen.

Sie rutschte zum Fenster hinüber, zog den grünen Sonnenschutz hoch und sah hinaus. Neben dem Gleis stand der große Wassertank, aus dem die Männer die Lokomotive füllten. Kate beobachtete, wie die Männer das Wasserrohr aus dem Weg schwenkten.

Im Innern des Zuges säumten Schilder die Wand zur Decke. Ein großes Schild verkündete:

Warnung: Spucken und Rauchen verboten.
Geldstrafe und Gefängnis bei Übertretung.
Wir fordern alle Fahrgäste zur Rücksichtnahme auf, um die Ausbreitung schädlicher Bakterien zu verhindern.

Kate sah sich um. Sie sah niemanden, der spuckte oder rauchte. Doch sie erblickte den gut gekleideten Herrn, der mit ihr zusammengestoßen war. Als er den Zug betrat, ging er bis zum Ende des Wagens durch. Dort nahm er seinen makellosen, schwarzen Hut ab, legte ihn in die obere Gepäckablage und ließ sich auf der anderen Seite des Ganges nieder, schräg gegenüber von Kate. Dann machte er es sich bequem, faltete eine Zeitung auseinander und begann zu lesen.

Nach einem letzten »Alles eiiin-steiiigen!« tat der Zug einen Seufzer und setzte sich langsam in Bewegung. Kupplungen klirrten gegeneinander; dann spürte Kate, dass die Wagen gleichmäßig ins Rollen kamen. Augenblicke später schnaufte die Lokomotive über das Brückengerüst des St. Croix. Als sie hinunterblickte, hielt Kate den Atem an. Direkt unterhalb, so als wäre nichts zwischen ihr und dem Wasser, floss schwarz und frei der mächtige Fluss. Gegen die Uferseite nach Wisconsin hin lagen große Eisklumpen, aufgetürmt vom Wind.

Herr Nordstrom beugte sich an Mama vorbei, um sehen zu können. »Bald werden die Holzfäller Stämme herunterschicken. Der Fluss wird dann von einem Ufer zum anderen voll damit sein.«

Mama hatte viele Fragen; sie wollte alles über das neue Land wissen, in dem sie leben würden. Kate tat so, als interessiere sie das alles nicht.

»Warum mussten Sie uns fort nach Wisconsin schleppen?«, wollte sie jedes Mal fragen, wenn sie zu Herrn Nordstrom blickte.

Mama war auf einer Farm aufgewachsen und

freute sich darauf, wieder auf einer Farm zu leben. Alle Überanstrengung des vergangenen Jahres schien heute aus ihrem Gesicht verschwunden zu sein. Ihr Haar schimmerte golden und ihre Augen funkelten, während sie Herrn Nordstrom fragte: »Warum hat man diesem Zug den Namen Blueberry Special gegeben?«

»Weil hier entlang wilde Blaubeeren wachsen«, erklärte er.

»Von überall her kommen Leute, um sie zu pflücken. In nur einer Woche der Blaubeersaison können eintausend Scheffel Beeren aus Grantsburg verschifft werden.«

Kate warf ihren Zopf über die Schulter. Unwillig wandte sie ihren Kopf ab und schaute aus dem Fenster. Aus ihren Augenwinkeln sah sie, dass Herr Nordstrom Mama fragend anschaute.

Als Kate sich herumdrehte, rollte Mama ihre Augen und zuckte mit den Schultern. Kate tat so, als habe sie es nicht bemerkt. Sie schaute wieder aus dem Fenster und war mit sich zufrieden. *Ich mache es ihnen schwer.* Nichts mochte Mama weniger, als wenn Kate trotzig war.

Doch Herr Nordstrom blickte ruhig und unbekümmert. »Noch fünf Minuten und wir sind in Grantsburg«, sagte er und brach damit das Schweigen.

Während der Zug dahinratterte, rollten Wellen von Rauch vorbei und drangen durch die geschlossenen Fenster. Bald fühlte Kate sich müde und schmutzig. Immer noch starrte sie aus dem Fenster und ließ nur abweisend ihren Rücken sehen.

Nach einiger Zeit schaute sie sich um und sah, wie der Mann vom Gang gegenüber sich zu Herrn Nordstrom hinüberbeugte. »Leben Sie in Grantsburg?«, fragte er.

Herr Nordstrom schüttelte den Kopf. »Südlich davon. Unten bei Trade Lake«, antwortete er und stellte sich vor.

»Fred Eberly«, erwiderte der Mann und reichte Herrn Nordstrom die Hand. Sein hellbraunes Haar, in der Mitte gescheitelt, klebte ihm am Kopf. Der dunkle große Schnurrbart reichte bis zu den Wangen, die viel zu weiß erschienen.

»Neu in der Gegend?«, fragte Herr Nordstrom.

»Ich bin Kaufmann«, erklärte der andere. »Drei- bis viermal im Jahr bringe ich in meiner Truhe Waren mit und nehme ein Zimmer in Antlers Hotel. Händler sehen sich meine Muster an und bestellen, was sie haben wollen.«

Während Herr Nordstrom mit ihm sprach, beobachtete Kate Herrn Eberly. Trotz seinem schönen Anzug und seinem mit Pomade zurückgekämmten Haar sahen die Augen des Mannes unruhig aus. Plötzlich erinnerte sich Kate an Vatis Warnung, Fremden fernzubleiben. Sie fühlte sich unbehaglich, ohne sich erklären zu können, warum. Der Zug bremste immer mehr ab, bis er schließlich nur noch dahinschlich, während der Schaffner durch den Wagen ging. »Grantsburg! Endstation!«

Der Zug fuhr einen Fluss entlang und an einer Wassermühle vorbei. Als die Lokomotive die Wagen in den Bahnhof zog, wurde Kate ganz aufgeregt. Sie stand auf und ging den Gang hinunter. Da fiel ihr ein, dass sie eine Tasche unter dem Sitz gelassen hatte. Sie drehte sich schnell um und stieß beinahe mit Herrn Eberly zusammen.

»Pass doch gefälligst auf! Pass doch auf!«, fuhr er sie an. Seine kalten grauen Augen blickten aus einem Gesicht, das viel zu weiß erschien.

Kate wich zurück, erstaunt über die Grobheit des Kaufmanns, nachdem er so ganz anders mit Herrn Nordstrom gesprochen hatte. Kate fand ihre Tasche, drehte sich um und ging erneut zur Tür. Vor ihr setzte Herr Eberly seinen makellosen Hut auf sein geschniegeltes Haar. Seine Schuhe klackerten, als er den Zug verließ.

Draußen fand Kate Herrn Nordstrom, der ungeduldig umherschaute. »Ich hatte ihnen gesagt, sie sollten hier sein, wenn der Zug ankommt«, sagte er zu Mama und Kate.

Kate wusste, dass Herr Nordstrom seine Kinder meinte. Jedes Mal, wenn er schrieb, hatte er Mama von Anders, Lars und Tina erzählt. Wenn Herr Nordstrom nach Minneapolis fuhr, kümmerte sich Anders um die Farm.

»Ich werde mal nach ihnen sehen. Vielleicht hat Anders missverstanden, wo wir uns treffen wollten.«

Als Herr Nordstrom davoneilte, folgten Kate und Mama ihm vom Bahnsteig auf einen hölzernen Bürgersteig, der zu einer Reihe von Gebäuden führte. Kate, die hinauf- und hinunterblickte, konnte niemanden entdecken, der wie eines der Kinder von Herrn Nordstrom aussah.

Sie drehte sich zum Zug und sah zwei Männer das Gepäck abladen. Plötzlich hielt Kate den Atem an. »Du meine Güte!« Auf sie kam der größte Mann zu, den sie jemals gesehen hatte.

Kate starrte auf seine Füße und fragte sich: *Wie bringt er es bloß fertig, Schuhe zu kaufen, die groß genug sind?*

Dann bemerkte sie den langen blauen Mantel mit der goldenen Knopfleiste und dem silbernen Stern auf seiner Brust. »Ist das der Dorfmarshal?«, flüsterte sie Mama zu.

»Starr ihn nicht so an, Kate«, flüsterte Mama zurück. Doch Kate konnte nicht anders. Sie hatte noch nie so lange Arme und so große Hände gesehen.

Obwohl Kate klein für ihr Alter war, wusste sie, dass ihre eigene Größe keine Rolle spielte. Im Vergleich mit dem Dorfmarshal schienen sogar die Bahnarbeiter klein.

Als er näher kam, beugte Kate den Kopf zurück, um ihn anzusehen. Seine Augen, sein Mund und seine Nase waren enorm. Dann lächelte der große Mann und streckte seine Hand hinunter, um »Hallo« zu sagen.

Als Kate ihre Hand in die seine legte, wirkte sie wie verloren. Doch seltsam genug – sie empfand keine Angst. Stattdessen blickte sie nach oben in freundliche blaue Augen.

Kate verstand sein Schwedisch nicht, aber Mama verstand es. »Das ist Herr Gustaf Anderson«, erklärte sie Kate.

»Big Gust«, korrigierte er, und sein großer Mund formte sich zu einem Lächeln. Indem er sich an Mama wandte, sprach er wieder Schwedisch. »Välkommen!«

Kate wusste: Er hieß sie willkommen und sagte ihr, dass Herr Nordstrom ein glücklicher Mann sei.

Während Mama und Big Gust sich unterhielten, beendeten die Bahnarbeiter das Entladen des Gepäckwagens. Ein Rollkutscher zog Pferd und Wagen in die Nähe des Bahnsteigs und lud eine große hölzerne Truhe auf.

»Das ist unsere!«, rief Kate aus. Doch Mama und Big Gust unterhielten sich.

Kate beobachtete, wie Herr Eberly hinaufkletterte und sich auf den Sitz des Wagens fallen ließ. Der Kutscher folgte und schnalzte dem Pferd zu. Der Wagen entfernte sich vom Zug und fuhr neben dem Bürgersteig, auf dem Kate stand, die Straße hinunter.

Augenblicklich kam Kate in Bewegung. Sie vergaß alles andere und lief auf den Wagen zu. »Das ist unsere Truhe!«, rief sie. »Sie haben Mamas Truhe genommen!« Aber der Fahrer hielt nicht an.

So schnell sie konnte, verließ Kate den Bürgersteig und rannte auf die Straße. Gerade in dem Moment gewann das Pferd an Schnelligkeit. Zu spät sah

Kate hoch. Augenblicklich erkannte sie ihren Fehler. In der nächsten Sekunde würde das große Pferd sie niedertrampeln.

Angst schoss in Kate empor. Der Kutscher riss die Zügel zurück. Wiehernd stieg das Pferd hoch und schlug in die Luft. Kate erstarrte – unfähig, sich zu bewegen.

Das ist also Anders!

Für einen Augenblick schwebten die großen Hufe über Kate. Sie öffnete ihren Mund, um zu schreien, doch es kam kein Laut hervor. Im nächsten Moment fühlte sie, wie starke Arme sie hochhoben und zur Seite rissen.

Das Pferd wieherte noch einmal, dann kam es genau dort zu Boden, wo Kate Augenblicke vorher gestanden hatte. Als die Hufe auf die Erde schlugen, lief Kate ein Schauer über den Rücken.

Big Gusts große Augen schauten sie besorgt an. »Na, kleines Fräulein?«

»Ich bin kein *kleines* Fräulein!«, erwiderte Kate. »Ich bin ein großes!« Doch in diesem Augenblick kam sie sich nicht wie eine Zwölfjährige vor. Die Starre in ihren Beinen war fort, und sie fühlte sich schwach.

Dann fiel ihr ein, warum sie versucht hatte, das Pferd anzuhalten. »Sie haben Mamas Truhe genommen.«

Big Gust wandte sich zu dem Wagen, und Kate zeigte auf die Truhe. »Sehen Sie die rote Rose, die auf jede Seite gemalt ist?« Der Dorfmarshal nickte. »Jo.«

»Und sehen Sie die Worte oben auf ihr?«

Da die Truhe im Wagen stand, konnte Kate die Worte nicht sehen. Doch sie war sich sicher, dass Big Gust sie sehen konnte.

Sie hatte recht. Von seinem Blickwinkel aus 2,28 Meter Höhe las Big Gust den Namen. »Ingrid Lindblom.«

»Das ist Mama«, erklärte Kate. »Bevor sie Vati heiratete.«

Big Gust wandte sich an die Männer im Wagen. »Sie bringen die Truhe besser zurück«, sagte er.

Das Gesicht des Kutschers wurde rot. »Tut mir leid. War mein Fehler.«

Der Kutscher wendete den Wagen, und Kate sah, dass Herr Eberly sie anschaute. Wieder verursachten seine unruhigen grauen Augen ihr ein unbehagliches Gefühl. *Er ist zornig,* dachte sie. *Warum ist er zornig auf mich?*

Dann lächelte Herr Eberly und lüftete vor Big Gust seinen Hut. Kate sagte sich, dass sie sich nur etwas eingebildet hatte. Doch ihr Unbehagen wollte nicht verschwinden.

Der Kutscher fuhr zurück zum Bahnhof. Kate erreichte den Bahnsteig fast so schnell wie er. Tatsächlich war dort eine andere hölzerne Truhe. Abgesehen von der Rose sah sie genauso aus wie die von Mama.

Herr Eberly und der Kutscher kletterten vom Wagen und tauschten die Truhen aus. Als sie wieder davonfuhren, wandte sich Mama an Big Gust. »Ich kann Ihnen gar nicht genug danken«, sagte sie in einem Mischmasch aus Schwedisch und Englisch. Er ging davon, und Mama zog Kate hinüber zu einer Bank. Tränen strömten über ihre Wangen. »Oh Kate, du bist in Sicherheit!«

Das angenehme Gefühl, geliebt zu werden, durchflutete sie. Aller Ärger von heute Morgen verschwand. Mama derartig außer Fassung zu sehen, schnürte Kate die Kehle zu. Sie konnte nichts sagen. Noch nicht.

»Warum bist du direkt vor das Pferd gelaufen?« Mamas Stimme bebte bei dem Gedanken an das Unglück, das Kate beinahe zugestoßen wäre.

Kate schluckte. »Das Bild«, sagte sie schließlich. »Ich wollte nicht, dass sie dein Bild mitnehmen.«

Für einen Moment schaute Mama verdutzt. »Das Bild?« Dann leuchteten ihre blauen Augen auf. »Das Bild von meiner Familie?«

Kate nickte. »Mit deiner Schwester, die *dein* Bild in der Hand hält.«

Mama seufzte. »Kate, du bist wichtiger als *jedes* Bild. Außerdem ist es nicht in der Truhe.«

Sie hob die Reisetasche hoch, die zu ihren Füßen stand, und öffnete sie. Darin befand sich, vorsichtig in Tücher eingewickelt, das Bild, das Kate zu retten versucht hatte. »Ich wollte nichts riskieren, für den Fall, dass die Truhe verloren gehen sollte«, erklärte Mama.

Dann seufzte sie erneut. »Ich glaube, Gott hätte mich warnen sollen, als du geboren wurdest.« Ihre Lippen zitterten, während sie versuchte zu lächeln. »Du bist wie ein großes Ding mit einer Sprungfeder. Immer springst du los, bevor du guckst.«

Kate grinste und warf ihren langen schwarzen Zopf über die Schulter. »Ich werde versuchen, vorsichtiger zu sein«, versprach sie ernsthaft. »Ich werde es wirklich versuchen.«

Nur ein paar Leute blieben auf dem Bahnsteig und warteten auf eine Fahrgelegenheit. Als Kate und Mama sich auf die Bank setzten, trennten Bahnarbeiter die Lokomotive von den Waggons. Bald stand die Lokomotive allein auf einem Gleisstück über einer leichten Vertiefung.

Dann verschoben zwei Männer mit langen Hebestangen das Schienenstück vor der Lokomotive. Langsam bewegte es sich und mit ihm die Lokomotive. Einen Halbkreis beschreibend schoben die Männer den Schienenstrang herum, bis die Lokomotive wieder abfahrbereit in der Richtung stand, aus der sie gekommen war.

Mama lachte, und ihre Stimme klang beinahe wieder normal. »Dieser Blueberry Special ist wirklich etwas Besonderes!«

Es war schön, sie lachen zu hören. »Vielleicht wird es doch gut«, sagte Kate und nahm Mamas überraschten Blick wahr. »Vielleicht wird es letztlich doch nicht so schlecht, in Wisconsin zu leben.«

Dann kam Herr Nordstrom zurück. »Ich habe sie gefunden! Durch das warme Wetter sind die Straßen aufgetaut. Es hat drei Tage lang geregnet.«

Während Herr Nordstrom wartete, tauchten zwei Kinder auf. »Anders ist bei den Pferden«, erklärte er. »Doch hier sind Tina und Lars.« Seine Hände ruhten auf den Schultern der Kinder; mit stolzer Miene schob Herr Nordstrom sie nach vorn.

Lars verbeugte sich vor Mama, dann starrte er Kate an. Unter einer warmen Jacke trug er seine besten Sonntagssachen. Doch seine Kniebundhosen waren voll Schmutz und seine Stiefel feucht, als sei er gerade an einer Pumpe gewesen.

Hinten auf seinem Kopf stand ein rotes Haarbüschel in die Höhe. Zwischen seinen Sommersprossen blitzten zwei verschmitzte Augen.

Als Kate Lars so ansah, dachte sie: *Er wird mir Frösche ins Bett setzen.*

Tinas Haar war strohblond und zum Teil gelockt. Ihre straff zurückgezogenen, schiefen Zöpfe sahen so aus, als sei die Person, die die Zöpfe geflochten hatte, nicht gewohnt, mit dem Haar kleiner Mädchen umzugehen. Jetzt zog sie an einem dieser Zöpfe und steckte das Ende in den Mund.

Tina machte vor Mama einen Knicks. Als sie sich Kate zuwandte, lächelte sie. In ihrem Lächeln schienen Sonnenstrahlen zu tanzen.

Kate mochte das kleine Mädchen sofort. Als ob sie es spüren würde, ergriff Tina eine von Kates Händen. »Meine große Schwester?«, fragte sie.

»Deine große Schwester«, antwortete Kate. Sie drückte Tinas Hand und merkte, dass auch ihre Hand gedrückt wurde. »Dort ist Anders«, sagte Herr Nordstrom.

Die Straße hinunter erschien, von zwei Arbeitspferden gezogen, ein Farmerwagen, der von einem blonden muskulösen Jungen gefahren wurde. Als Kate ihn sah, strich sie ihr Kleid glatt und wünschte, sie sähe nicht so zerknautscht aus. Schnell schob sie die Haarsträhnen zurück, die sich aus ihrem Zopf gelöst hatten.

Indem er die Zügel anzog, brachte Anders die Pferde zum Stehen; dann sprang er vom Wagen und band die Pferde an einen Pfosten. Wie die anderen Kinder trug er seine besten Sonntagssachen. Auch seine Stiefel waren feucht. Doch im Unterschied zu Lars trug Anders lange Hosen. Kate fragte sich, ob er zu groß für die Kniebundhosen war, die Jungen in seinem Alter normalerweise trugen.

Anders verbeugte sich vor Mama; sein volles blondes Haar fiel ihm dabei in die Stirn. Seine breiten Schultern dehnten die Nähte seines schweren Mantels.

Als er sich Kate zuwandte, sagte sie mit ihrer erwachsensten Stimme: »Hallo.« Doch dann musste sie sich das Lachen verbeißen, als sie einen Lehmstrich quer auf seinem Gesicht entdeckte.

Ihre Blicke trafen sich. Schnell wischte er sich mit einer Hand durchs Gesicht. Doch der Streifen wurde nur breiter. Kate kicherte.

Anders richtete sich zu seiner vollen Größe empor. Seine Augen flammten auf und seine Lippen pressten sich zusammen, als müsse er eine Antwort unterdrücken. Wortlos wandte er sich ab.

Anders und sein Vater ergriffen jeder ein Ende der Truhe, hoben sie hoch, als sei sie leer, und setzten sie in den Wagen. Tina und Lars krabbelten hoch; Kate folgte und setzte sich auf das Stroh. Herr Nordstrom half Mama, auf den Wagensitz zu klettern, und Anders band die Pferde los. Ohne Kate Beachtung zu schenken, nahm er den Platz neben Mama ein.

Herr Nordstrom schlug leicht mit den Zügeln, und die großen Pferde trabten die schmutzige Straße hinunter.

Kate wandte sich an Lars. »Wie weit ist es?«

»Zur Farm? Fast elf Meilen, und der Weg ist schlecht.«

»Schlecht? Wie meinst du das?«, fragte Kate aufs Neue beunruhigt. »Gibt es dort Bären?«

»Nahhh«, antwortete Lars voller Abscheu. »Matsch. Den ganzen Weg Matsch.«

Bald erkannte Kate, was er meinte. Als sie Grantsburg verließen, waren die Straßen tief zerfurcht. Oft verbreiterten sich die Furchen zu großen Schlaglöchern. Trotz des Strohs im Wagen fühlte Kate sich bald völlig zerschlagen.

Immer wenn sich ihm die Möglichkeit bot, verließ Herr Nordstrom die Straße und fuhr über ein Feld, um die Furchen zu meiden. Doch fast überall reichte der Wald bis an den verdreckten Weg. Überhängende Zweige schlugen gegen den Wagen.

Während sie die Meilen hinter sich ließen, starrte Kate auf Anders' blonden Hinterkopf. Mama und Herr Nordstrom stellten ihm Fragen, und die drei lachten miteinander. Kate fühlte sich ausgeschlossen.

»Wie alt bist du, Tina?«, fragte sie, um die Vierjährige zum Sprechen zu bringen.

Tinas Augen weiteten sich verständnislos, während sie auf dem Ende ihres Zopfes herumknabberte. Da das kleine Mädchen die Achseln zuckte, wandte Kate sich an Lars.

»Sprich Schwedisch«, sagte er.

»Schwedisch? Aber sie hat doch Englisch gesprochen.«

»Papa hat ihr diese Worte beigebracht«, antwortete Lars mit dem roten Haarbüschel, der auf seinem Hinterkopf hochstand. »Das ist das einzige Englisch, das sie kennt.«

»Und du?«

»Hab es in der Schule gelernt. Wenn wir Schwedisch sprechen, lässt uns die Lehrerin nachsitzen.«

Plötzlich konnte Kate das Gefühl der Furcht, das sie bisher beiseitegeschoben hatte, nicht mehr unterdrücken. *Ich habe eine Schwester, doch ich kann nicht einmal mit ihr sprechen!* Sie drehte sich wieder zu Mama, Herrn Nordstrom und Anders um. Ihr Lachen machte für Kate alles nur noch schlimmer.

»Und du, Lars? Wie alt bist du?«, fragte sie, nicht bereit, aus allem ausgeschlossen zu sein.

»Acht«, antwortete Lars. Als er nichts hinzufügte, wurde Kate still; sie war zu entmutigt, noch irgendetwas zu sagen.

Sie warf einen Blick nach oben und sah, dass Anders sich herumdrehte und zu ihr hinsah. Als sich ihre Blicke trafen, schaute er weg. *Dummer Kerl!*, sagte Kate zu sich. Es tat ihr leid, dass sie über den Dreck in seinem Gesicht gekichert hatte, doch sie ärgerte sich, dass Anders ihr keine Beachtung schenkte.

Eine ganze Zeit lang fuhren sie dahin. Der scharfe Wind pfiff jetzt ganz schön. Anstelle der Nachmittagssonne hatte sich ein grauer Himmel gebildet. Die Wolken wurden dichter, und der Wind wurde sogar noch kälter. Kate und Tina zogen eine schwere Pferdedecke über ihre Schultern. Mama kam zu den Mädchen unter die Decke, und Lars krabbelte auf den Sitz neben seinem Bruder.

Mit der Dämmerung setzte ein kalter Nieselregen ein. Meile für Meile wurden die Straßen schlechter. Die Feuchtigkeit zog durch die schwere Decke in ihre Kleidung, und Kate spürte die Kälte in ihre Glieder steigen.

Einmal fragte Mama: »Wie weit ist es noch?«

Herr Nordstrom antwortete: »Noch vier Meilen.«

Mama zog Tina auf ihren Schoß. Beide sahen genauso miserabel aus, wie Kate sich fühlte.

Kate zitterte, und die Kälte wollte nicht weichen. Als ihre Zähne begannen aufeinanderzuklappern, drehte Anders sich herum. »Klappern deine Zähne, Kate?«

Hinter Herrn Nordstroms Rücken schnitt Kate eine Grimasse. Anders grinste, doch der Blick von Herrn Nordstrom brachte ihn zum Schweigen.

Die großen Arbeitspferde stemmten sich vorwärts, wenn der Matsch sich an ihren Füßen festsaugte und ihr Fell bespritzte. Oft drehten sich ihre Ohren der Stimme von Herrn Nordstrom entgegen.

»Komm, weiter, Dolly. Komm, vorwärts, Florie«, ermutigte er sie.

In diesem Moment sackte das rechte Hinterrad in ein tiefes Loch. Der Wagen taumelte, Mamas Truhe rutschte und krachte gegen das Ende des Wagens.

»Kommt her! Kommt schnell her zu mir!«, drängte Herr Nordstrom.

Schnell krochen Mama, Kate und Tina auf die linke Seite und verlagerten so das Gewicht in die vordere Ecke. Die Pferde strengten sich an, doch der Wagen rührte sich nicht von der Stelle. Als der Wagen sich scharf neigte, begann Tina zu schreien.

Wir kippen um! Kate biss sich auf die Lippen, um nicht genauso zu schreien.

Mama drückte Tina fest an sich und versuchte sie zu beruhigen. Plötzlich fiel Kate Mamas Reisetasche ein. Sie konnte sie gerade noch erwischen, bevor sie an der Seite hinunterfiel.

Als Herr Nordstrom und Anders hinunterkletterten, kippte der Wagen noch weiter. Am Boden angekommen, sanken sie in den Schlamm.

Die Straße schien keinen festen Grund zu haben. Anders machte sich zum hinteren Teil des Wagens auf. Er bewegte sich langsam, Schritt für Schritt, und suchte nach festem Grund. Einmal rutschte er aus und fiel beinahe hin. Als er nach dem Rad griff, sickerte der Morast oben in seine Stiefel.

Am hinteren Teil des Wagens nahm Anders einige schwere Planken hoch. Er trug sie nach vorne und legte sie vor die Räder. Dann arbeitete er sich durch den Matsch zu den Pferden vor.

Kate ahnte jetzt, wie Anders den Schmutz in sein Gesicht bekommen hatte. *Könnte ich ihm doch nur sagen, dass es mir leidtut.* Kate schämte sich, weil sie gelacht hatte. Doch Anders wich ihrem Blick aus.

Am Ende des Wagens schob Herr Nordstrom einen Pfosten unter das rechte Rad. »Fertig?«, rief er.

Anders ergriff Dollys Zaumzeug. »Fertig! Vorwärts«, drängte er die Pferde. »Komm vorwärts, Dolly. Vorwärts, Florie. Strengt euch an. Vorwärts!«

Die Pferde zogen mit aller Kraft nach vorne. Ihre Körper dampften vor Anstrengung. Der Wagen kippte noch mehr. Kate klammerte sich krampfhaft an die Seite des Wagens. Sie wollte auf keinen Fall in den Matsch fallen.

»Augenblick mal!«, rief Herr Nordstrom. »Lars, du nimmst jetzt die Pferde.«

Lars krabbelte vom Wagen und kämpfte sich durch den Matsch, der ihm bis über die Knie reichte, nach vorne. Anders arbeitete sich durch zum hinteren Teil des Wagens. Dort stemmte er sich mit der Schulter gegen die Abschlussplanke. »Es kann losgehen!«

Da Lars nicht an Dollys Zaumzeug gelangte, nahm er die Zügel. »Vorwärts!«, rief er und hörte sich dabei an wie sein großer Bruder. »Vorwärts, Dolly! Vorwärts, Florie!«

Herr Nordstrom drückte den Pfosten hinunter, indem er sein ganzes Gewicht darauflegte.

Anders stemmte sich gegen den Wagen. Als die Pferde vorwärtszerrten, knirschte das Zaumzeug. Diesmal wankte der Wagen aus dem Loch.

Die Pferde erreichten festeren Grund, und Lars hielt sie an. Anders ließ die dreckbeschmierten Planken in das Hintere des Wagens fallen. Mit einem Zweig, den er am Rand des Weges abbrach, versuchte er, den Schmutz von seiner Kleidung zu entfernen. Selbst in seinem blonden Haar hing Lehm.

Im Halbdunkel sah Kate, dass er ein finsteres Gesicht machte. Einmal schaute er in ihre Richtung, dann blickte er weg. Kate lachte diesmal nicht über Anders, als er auf den Wagensitz kletterte.

Schon bald verschmolz das Grau des Tages mit der Schwärze der Nacht. Kate, die an die Gaslaternen von Minneapolis gewöhnt war, schien es, als schließe die Dunkelheit sie ein. Herr Nordstrom gab den Pferden freien Lauf.

Es schienen Stunden zu vergehen, bevor der Regen aufhörte. Als die Wolken sich zerstreuten und der Mond durchbrach, verließen sie die Straße und bogen in einen Fuhrweg. Die Sterne kamen heraus, und der kräftige Wind flüsterte in den Bäumen.

Als Dolly und Florie begannen, einen langen Berg hinaufzutraben, wurde der Wagen schneller. Herr Nordstrom wandte sich an Mama. »Wir sind fast zu Hause.«

Dann erhoben sich zu beiden Seiten des Weges die Umrisse von Gebäuden. Herr Nordstrom zügelte die Pferde und zündete eine Laterne an. Es war also wirklich ein weißes Farmhaus. Doch Kate war zu durchgefroren und müde, um sich darum zu kümmern. Im Innern des Hauses war das Feuer im Herd ausgegangen. Es schien dort genauso feucht zu sein wie draußen. Für Kate bedeutete es nach dem langen furchtbaren Tag ein zusätzliches Elend.

Ich will hier nicht leben!, hätte Kate am liebsten herausgeschrien. *Ich will die Gaslaternen von Minneapolis. Ich will unsere warmen kleinen Zimmer. Ich will belebte und gepflasterte Straßen. Ich will meine Freunde.*

Selbst Mama wirkte still; sie war gar nicht mehr die strahlende Braut von gestern. Kate wollte nicht zu ihr hinsehen. *Könnten wir doch nur zurück nach Minneapolis gehen. Ich frage mich, was für schreckliche Dinge morgen geschehen werden?*

In der Falle!

Kikerikiiiii! Kate wälzte sich herum. Sie war sich nicht sicher, wo sie sich befand. Im Halbschlaf erinnerte sie sich an gestern. *Vielleicht ist es nur ein Albtraum, dass wir zur Windy Hill Farm gekommen sind. Vielleicht ist es ein Albtraum, dass Mama Herrn Nordstrom geheiratet hat.*

Doch der Hahn krähte erneut. Kikerikiiiii! Er war nicht zu überhören. Die Farm war tatsächlich Wirklichkeit.

Im Bett neben ihr regte sich Tina; sie öffnete ihre Augen und lachte sie an. Kates Gefühle wandelten sich. *Vielleicht wird es letztlich doch nicht so schlecht werden.* Die Freundlichkeit des kleinen Mädchens gab ihr ein Gefühl der Wärme.

Meine Schwester, sagte Kate zu sich selbst, als Tina ihre Augen wieder zumachte und sich umdrehte. Jedes Mal, wenn Kate diese Worte wiederholte, schien die Beziehung zu ihrer neuen Schwester echter und bedeutungsvoller zu werden. Könnte sie doch nur Tinas Schwedisch verstehen!

Leise glitt Kate aus dem Bett. Das Zimmer, das sie mit Tina teilte, befand sich am Ende des Hauses und hatte mehrere Fenster. Aus dem einen überblickte man die Veranda und den Fuhrweg, der vor dem Haus und an der Seite des Hauses entlanglief. Jenseits dieses Weges erstreckten sich die Furchen eines gepflügten Feldes. Weiter entfernt, am Rand eines steilen Berges, standen einige große Bäume. Neben den Bäumen waren drei Bienenstöcke aufgestellt.

Vor einem der Fenster auf der anderen Seite des Raumes wuchs eine große Kiefer. Die langen Zweige mit ihren weichen grünen Nadeln reichten bis an das Haus und berührten es beinahe. Aus dem anderen Fenster auf dieser Seite erkannte Kate den Fuhrweg, der sich nach rechts und zum Rand des Berges hin gabelte.

Von hier oben hatte Kate auch einen guten Ausblick auf eine weite Fläche, die der Rice Lake sein musste. An diesem Märzmorgen war der See noch gefroren, am anderen Ufer erstreckten sich Hügel und Täler bis zum Horizont.

Während Kate am Fenster stand, kam Tina und zog an ihrer Hand; Kate vermutete, dass die Kleine ihr etwas zeigen wollte.

Schnell zogen sie sich an, und die Vierjährige führte Kate in die Diele. Am Abend vorher war Kate zu müde gewesen, um die anderen Räume auf dieser Etage zu bemerken – einen Vorratsraum und das Schlafzimmer, das Lars und Anders sich teilten. Die beiden Jungen waren bereits fort.

Am Fuß der Treppe sah Kate eine Tür, die nach draußen führte. Tina wandte sich nach rechts und ging mit Kate durch den vorderen Raum ins Esszimmer. Von dort führte eine Tür in ein Schlafzimmer und eine weitere in die Küche.

Sie fanden Mama, die nach einer Pfanne suchte.

Als Mama die beiden erblickte, wirkte sie erleichtert. Nachdem sie die beiden Mädchen begrüßt hatte, sprach sie mit Tina Schwedisch. Kate vermutete, dass Mama Hilfe benötigte, um sich zurechtzufinden. Dennoch kam Kate sich wieder ausgeschlossen vor.

Sie schlüpfte durch die Küchentür nach draußen. In der Nähe des Hauses stand eine Pumpe und dahinter eine Sommerküche. Von Mama wusste Kate, dass Farmerfamilien in diesen kleinen Gebäuden kochten und aßen, wenn das Wetter heiß wurde. Dadurch blieb das größere Haus kühl zum Schlafen.

Der Regen der vorhergehenden Nacht war vorbei, und die Luft war süß vom Frühlingsduft. Kate überquerte den matschigen Weg, um zu einem Gebäude am Rand des Berges zu gelangen. Als sie hineinging, entdeckte sie dort riesige Behälter zur Lagerung der Sommerernte.

Hinter dem Kornspeicher lag das Hühnerhaus. Die Hühner liefen draußen umher und scharrten auf dem Boden. Als Kate zwischen ihnen hindurchging, stoben sie auseinander. Dann gelangte sie zum Stall- und Scheunengebäude.

Die Tür, die am nächsten lag, stand offen, und das morgendliche Sonnenlicht drang hinein. Im Innern zogen sich Balken quer zur Decke. Nachdem Kates Augen sich an das Dämmerlicht gewöhnt hatten, sah sie einen Hund, der durch eine andere Tür Kühe hineintrieb.

»Wuff!«, bellte er und zwickte die Kühe in die

Beine, um sie vorwärtszutreiben. Während Kate zuschaute, begab sich jede Kuh in eine Box, als ob sie genau wüsste, wo sie hingehörte. Der Hund drehte sich zu Kate. »Wuff!«, bellte er wieder, diesmal schärfer.

Kate erstarrte. Der Hund kam näher, und Kates Muskeln spannten sich an.

In diesem Augenblick sprang Anders am anderen Ende des Stalls von einer Leiter. Er trug einen Overall, und in der Hand hielt er eine Mistgabel, die er beiseitelegte. Dann kam er nach vorne.

»Lutfisk!«, rief Anders. Der Hund rannte zu ihm hin. »Guter Hund. Sitz.«

Sofort setzte sich Lutfisk, und Anders kniete sich hin, um den Hund hinter den Ohren zu kraulen. Das mittellange Fell des Hundes war hellbraun und weiß mit schwarzen und weißen Flecken. Er hatte drei weiße Pfoten und schwarze Flecken an seinen Ohren und seinem Schwanz.

Als Anders den Hund streichelte, füllten sich seine Augen mit Stolz. »Du brauchst keine Angst vor ihm zu haben.«

»Ich habe keine«, sagte Kate, obwohl sie erleichtert war, dass Anders da war.

»Oh«, dehnte er. Ein leichtes Grinsen ging über sein Gesicht. »Sollte ich mich getäuscht haben?«

»Ich habe keine Angst!«, sagte Kate noch einmal. Langsam kam sie näher, streckte die Hand aus und tätschelte behutsam den Rücken des Hundes. »Wie hast du ihn genannt?«

»Lutfisk«, antwortete Anders. »Weißt du, *lute fisk – gedörrter Fisch.*«

»Oh«, antwortete Kate. »Ich weiß, was du meinst.« Sie hasste den Geruch von Stockfisch, den die Schweden in Tunke einlegten und zu Weihnachten aßen.

»Sehr lecker, oder?«, fragte Anders begeistert.

Kate hielt sich die Nase zu. »Jo. Ein Leckerbissen.«

Anders streichelte immer noch den Hund. »Ich habe ihn vor einigen Jahren zu Weihnachten bekommen. Er ist in den eingelegten Dörrfisch geraten, und bevor ich ihn entdeckte, hatte er ihn schon verputzt.« Er wandte sich zu dem Hund, hob seinen rechten Arm und zeigte zur Tür. »Geh zu Bess.« Lutfisk machte sich auf den Weg nach draußen.

»Eine Kuh fehlt«, erklärte Anders.

»Und Lutfisk findet sie?«

»Jup. Er bringt sie alle herein. Ich habe ihn selbst abgerichtet.«

Anders sprach gut Englisch, er hatte es in der Schule gelernt. Kate war erleichtert, dass er nicht mehr an gestern zu denken schien. Stattdessen schien er darauf zu brennen, ihr alles zu zeigen.

»Willst du Rosie sehen?«

»Rosie?«, fragte Kate.

»Mein Schwein«, sagte Anders.

»Dein Schwein?«

»Papa mästet noch ein anderes für die Familie.« Anders führte sie zu einem Pferch am Ende der Stallungen. »Ich habe sie als Ferkel bekommen, weil Papa wusste, dass sie sonst sterben würde. Schau, wie sie gewachsen ist! Ich mäste sie für den Markt in Burnett.«

»Den Markt? Wieso das?«

Anders' Blick verriet, dass er sicherlich dachte, sie sei ein dummes Mädchen. Dennoch erklärte er: »Um ein blaues Band zu bekommen. Wenn ich der Erste werde, kann ich einen höheren Preis ansetzen. Dann verkaufe ich sie, und wenn ich genug Geld bekomme, kaufe ich eine Färse.«

»Eine Färse?«

Anders verdrehte die Augen, und Kate wusste: Sie hatte eine weitere dumme Frage gestellt. »Ein weibliches Kalb. Dann werde ich es mästen. Wenn ich Glück habe und etwas Geld zusätzlich bekomme, tausche ich die junge Kuh gegen ein Füllen ein.«

»Ein Füllen?«

»Jup. Mein eigenes Pferd.«

Anders ging zurück zu den Kühen, zog einen dreibeinigen Hocker hervor und begann zu melken. Als Milch in den Eimer strömte, ging Kates Blick zu Lutfisk. Er hatte die letzte Kuh hereingebracht und schien zufrieden, dass seine Arbeit getan war. Jetzt legte er sich auf den Lehmboden hinter Anders und ließ seinen Kopf auf den Pfoten ruhen. Seine braunen Augen richteten sich auf Kate.

Kate bemerkte Anders' Grinsen erst, als es zu spät war. Er hatte seine Hände leicht gedreht und richtete einen Milchstrahl genau in ihr Gesicht.

Kate prustete. »He! Was machst du?«

Anders lachte. Diesmal traf der Milchstrahl sie genau ins Auge. Kate kniff die Augen zu und rieb sie mit ihren Fäusten. Anders höhnte: »Mach deinen Mund auf!«

Als sie stattdessen ihre Augen öffnete, sah Kate, dass er sich vor Lachen schüttelte. »Mach selbst deinen Mund auf!«, sagte sie bissig. »Das wird dir noch leidtun!«

Sie sprang zur Seite und entging gerade noch dem nächsten Milchstrahl. Schnell lief sie zur Tür. »Dummer Kerl!«, schimpfte sie. *Dem werde ich's zeigen!* Als sie ins helle Sonnenlicht trat, war Kate entschlossen. *Wenn er mich nicht bei sich haben will, dann kann er mir gestohlen bleiben!*

Kates Ärger war noch nicht verraucht, als sie sich weiter umsah. Hinter dem Stall befand sich eine Weide. Das Gras war noch weich und feucht vom geschmolzenen Schnee und den drei Tagen Regen. Große Baumstümpfe, manche davon 1,20 Meter oder 1,50 Meter im Durchmesser, waren auf dem Feld verstreut.

An der hinteren Seite der Weide begannen wieder die Wälder, und Kate ging auf sie zu. Als sie näher kam, sah sie einen Baum, dessen Zweige niedrig genug waren, um hinaufzuklettern.

Vielleicht ist das ein gutes Versteck, wenn ich vor diesem dummen Anders meine Ruhe haben will. Wieder hatte Kate dieses ängstliche Gefühl der Verlorenheit.

Mit schnellen Schritten lief sie auf den Baum zu. Als sie den größten Teil des Feldes überquert hatte, blieb sie stehen. Was war das? In der Nähe des

Baumes, am Rand des Waldes, bewegten sich die Büsche. Immer noch blattlos vom Winter, zitterten die nackten Zweige, als ob etwas sie berührt hätte.

Ist es der Wind? Das kann nicht sein. Es weht nicht einmal die leichteste Brise.

Dann nahm Kate etwas anderes wahr. In einer Höhlung des Baumes, da, wo ein starker Ast aus dem Stamm wuchs, glitzerte etwas in der Sonne. Wieder ging sie los, ihre Neugier war erwacht.

Doch im nächsten Moment hielt sie abrupt inne. Hinter den blattlosen Büschen stand etwas – etwas Schwarzes. Etwas, das so groß war wie ein stehender Mann.

»Ein Bär.« In ihrer Panik sprach Kate plötzlich laut. Ihr Magen zog sich zusammen. »Sarah hat gesagt, es wären Bären hier!«

Während sie überlegte, was zu tun sei, hörte Kate hinter sich ein Schnauben. Sie wirbelte herum. »Oh nein!«

In kurzer Entfernung stampfte ein großes Tier vor ihr mit seinen Hufen auf den feuchten Boden. Grasklumpen flogen hinter ihm auf. Als es den Kopf senkte, glänzte das Sonnenlicht auf seinen langen Hörnern.

Kate unterdrückte einen Schrei. Sarah hatte sie gewarnt. Kate wusste, was für ein Tier das war. »Ein Bulle!«

Er schüttelte den Kopf und zerrte an der Kette, die den Ring seiner Nase mit einem Pfosten in der Erde verband. Seine dunklen Augen rollten.

Kates Magen geriet in Aufruhr. *Warum habe ich ihn nicht gesehen?* Mehr als einmal hatte ihr Temperament sie in die Klemme gebracht, doch das war das absolut Schlimmste.

Kate hatte solche Angst, dass sie nicht mehr klar denken konnte. *Was soll ich bloß tun?*

Schnell drehte sie sich um und rannte los zu dem Baum auf der anderen Seite der Weide. Auf halbem Weg fiel ihr der schwarze Schatten in den Büschen ein, und sie blieb stehen. »In der Falle!« Vor lauter Entsetzen sprach Kate laut. »In der Falle zwischen einem Bullen und einem Bären!«

Sie drehte sich wieder um und sah den Bullen. Seine Füße standen fest auf dem weichen Grund, sein Kopf bewegte sich hin und her. Mit seiner langen Zunge versuchte er, sich die Nasenlöcher zu lecken. Er zerrte an seiner Kette und stellte sich zwischen Kate und den Stall.

Schritt für Schritt begann sie, einen Bogen um den Bullen zu schlagen. Seine großen Augen rollten, als beobachte er jede Bewegung. Sein dicker Nacken schien stark wie eine Eiche, seine Hörner waren spitz und scharf.

Kate spürte die Wut des Bullen. Er riss an der Stange, und das Weiße in seinen Augen trat hervor.

Noch einmal hob er seinen Kopf und gab ein tiefes mächtiges Grollen von sich. Ein Schauder überlief Kate.

Wieder zerrte der Bulle an der Kette, wobei er seinen massigen Kopf hin- und herschwenkte. Plötzlich, mit einem kräftigen Schwung, riss er den Pfosten aus der Erde.

Einen Moment stand er da und blickte Kate an. Scheinbar spürte er seine Freiheit und schüttelte noch einmal den Kopf. Die Kette und der Pfosten schleuderten weit umher.

Dann wandte sich der Bulle von Kate ab. Er hatte seinen Schwanz fast senkrecht in die Luft gestreckt und stürmte über die Weide.

Kate atmete tief durch; Erleichterung durchströmte jeden Teil ihres Körpers. Als sie jedoch auf die Gebäude zuging, sah sie den Bullen in einem Bogen zurückkommen.

Wieder fasste er Kate ins Auge und stampfte mit einem Hinterbein auf.

Kate starrte ihn an, unfähig sich zu rühren. »Hilfe!«, wollte sie schreien. Doch es kam kein Laut. Ihre Füße waren wie angewurzelt. *Ich kann nicht laufen!* Panik ergriff sie.

Der Bulle machte einen weiteren Schritt. Kate versuchte zu laufen. Zu ihrer Überraschung konnte sie ihre Füße heben. Langsam zog sie sich zurück.

Der Bulle folgte. Mit jedem Schritt, den Kate weiter zurück machte, kam der Bulle näher. Er brüllte, und das Echo hallte in den Bergen wider.

Kate blieb stehen und wagte nicht, sich zu bewegen oder auch nur zu atmen. Wieder stampfte der Bulle auf. Grasklumpen flogen über seinen Rücken. Dreck spritzte hoch und landete weit hinter den schrecklichen Hufen. Kate zitterte. *Gott, was soll ich tun?*

Im nächsten Moment formten sich ihre rasenden Gedanken zu einem geflüsterten Gebet. »Hilf mir, lieber Gott!«, bat sie. »Hilf mir!«

Der Augenblick schien endlos, als Kate, jeden Muskel angespannt, dort stand. *Es ist hoffnungslos. Ich komme nie hier weg.*

Da hörte sie eine Stimme hinter sich. »Bleib ganz ruhig stehen, Kate. Beweg dich nicht.«

Ohne ihren Kopf zu drehen, wusste Kate, dass es Anders war. Von ganzem Herzen wollte sie in seine Richtung laufen. Doch als sie dem Klang seiner Stimme nach zurückging, machte der Bulle einen weiteren Schritt auf sie zu.

»Hast du mich gehört?«, fragte Anders mit leiser, aber fordernder Stimme. »Beweg dich nicht.«

Kates Knie begannen zu zittern, doch sie stand still.

»Bleib dort«, sagte Anders näher bei ihr. »Bleib ruhig.«

Kate sehnte sich danach, sich umdrehen zu können. Stattdessen musste sie geradeaus starren. Der Bulle rollte seine Augen, und Kate konnte nicht aufhören zu zittern.

Dann spürte sie, dass Anders dicht hinter ihr war. »Wenn ich sage: ›*Renn!*‹, musst du rennen!«, sagte er immer noch mit leiser gleichmäßiger Stimme. »Schau nicht zurück. Renn einfach. Hol Papa. Er ist in der Scheune.«

Kate fragte sich, ob ihre Beine sie tragen würden. Im nächsten Augenblick würde sie es wissen.

»Renn!«, befahl Anders.

Kate rannte, ihre Füße flogen über den nassen Boden. Einmal rutschte sie und fiel beinahe hin. Doch sie fing sich und rannte weiter.

Am Rand der Wiese schaute sie zurück. Anders war weiter nach vorne gegangen und hatte seinen großen Körper zwischen den Bullen und Kate gebracht. In seinen ausgestreckten Händen hielt er eine Mistgabel.

Kate lief zur Scheune. Als sie Anders' Vater fand, war sie außer Atem. Unfähig zu sprechen, zeigte sie zur Weide. Herr Nordstrom rannte los.

Schwierigkeiten in Sicht

Aus der Entfernung beobachtete Kate, wie Herr Nordstrom die Mistgabel von Anders nahm. Schritt für Schritt trieben sie das zornige Tier in Richtung Stall. Jedes Mal, wenn der Bulle auf den Boden stampfte, wurden Kates Knie weich. Schließlich gelang es Anders und seinem Vater, ihn in einen stabilen Verschlag zu sperren. Kate, die nicht wollte, dass Anders sah, wie sie die Tränen zurückhielt, ging zum Haus. In der Tür begegnete ihr Mama. »Kate, was ist los?«

Als Kate ihr von dem Bullen erzählte, wurde Mama bleich. »Oh, Kate! Schon wieder ein Tier! Du hast versprochen, vorsichtig zu sein!«

»Ich weiß, Mama. Es tut mir leid.«

»Es tut dir leid! Das ist nicht genug, der Bulle hätte dich töten können!« Mama sprach streng weiter. »Du musst auf dich aufpassen.« Doch dann veränderte sich ihre Stimme. »Weißt du nicht, wie wichtig du mir bist?«

Kate schluckte den Kloß in ihrem Hals hinunter. »Bin ich das, Mama?«, fragte sie so leise, dass man es kaum hören konnte. »Bin ich das wirklich?«

Mamas Augen weiteten sich erstaunt. »Weißt du das denn nicht, Kate?«

Mama stand da, sah sie an und versuchte ihr ins Gesicht zu schauen.

Unfähig, ihr in die Augen zu sehen, blickte Kate nach unten und malte mit ihrem Zeh ein Fantasiemuster.

»Oh«, sagte Mama, als sei sie tief in Gedanken. Dann schwieg sie.

Kate, die immer noch den Küchenfußboden studierte, versuchte zu lächeln. Doch Mama kannte sie zu gut. »Kate, fragst du dich, ob ich genug Liebe für euch alle habe?«

Verblüfft sah Kate hoch. »Woher weißt du das?«, wollte sie fragen. Stattdessen blickte sie zur Seite.

»Sieh mich an, Kate«, sagte Mama mit ihrer Ich-meine-es-ernst-Stimme. Liebevoll nahm sie Kates Kinn in ihre Hand. »Sieh mich an und merke es dir gut. Wenn ich einen neuen Mann habe und drei neue Kinder, bedeutet das nicht, dass ich dich weniger lieb habe. Es bedeutet, dass meine Liebe wächst, um euch alle darin einzuschließen.«

»Sagst du mir auch die Wahrheit und versprichst es nicht nur so?«

»Nein, Kate, ich verspreche es nicht nur so«, antwortete Mama sanft. »Ich glaube, dass ich hier gebraucht werde. Aber ich sage die Wahrheit!«

Mama lächelte. »Ich bitte Gott um besondere Schutzengel für dich. Doch du musst ihnen helfen!«

Jetzt lachte Kate, und das ängstliche Gefühl der Verlorenheit fiel von ihr ab. Zum ersten Mal seit der Hochzeit spürte Kate eine innere Wärme.

Minuten später wusch Anders sich die Hände im Waschbecken direkt neben der Küchentür. Als er

Kate erblickte, flüsterte er: »Dummes Mädel!« Dann kämmte er sein blondes Haar und tat so, als sähe er sie nicht.

Doch Kate hatte es gehört. Das Schlimmste war: Er hatte recht. Sie kam sich durch und durch dumm vor.

Sie wusste auch, dass sie Anders eigentlich danken musste. Er hatte sein Leben riskiert, um ihres zu retten. Doch die Worte wollten nicht kommen. Stattdessen sagte sie: »Du hättest mich warnen sollen, dorthin zu gehen.«

»Du hättest *schlau* genug sein sollen, es nicht zu tun«, antwortete er.

Kates Temperament flammte auf. Plötzlich hatte sie das Bedürfnis, ihn zu verletzen. Sie wollte ihm den gemeinsten Namen geben, der ihr einfiel. Ein Name, der ausdrückte, dass er plump und ohne Manieren sei, obwohl das nicht stimmte.

Dann fiel ihr eine Bezeichnung ein, die Sarah ihr beigebracht hatte. Kate dämpfte ihre Stimme, sodass Mama nichts hören konnte. »Wenn du nicht ein solcher Bauerntrampel wärst, hättest du mich gewarnt.«

Anders guckte, als ob Kate ihn geohrfeigt hätte. In seinem Gesicht stieg die Röte hoch. »Nächstes Mal –«

Er brach ab. Kate wusste: Anders war wütend.

»Nächstes Mal«, fuhr er fort, »werde ich dich stehen lassen. Ich werde den alten Bullen –«

In dem Moment betrat sein Vater die Küche, und Kate erfuhr nicht, was Anders tun würde.

Nach dem Frühstück nahm Herr Nordstrom eine abgenutzte Bibel vom Regalbrett. »Gott *ist* unsere Zuversicht und Stärke«, las er aus Psalm 46. »Ein starker Helfer in aller Not. Darum fürchten wir uns nicht …«

Die Worte fielen tief in Kates Herz. Sie berührten einen wunden Punkt in ihr, den sie immer zur Seite schieben wollte. Gleichzeitig fühlte sie sich unbehaglich.

»Der Herr Zebaoth *ist* mit uns; der Gott Jakobs *ist* unser Schutz.«

Kate fragte sich, was Anders dachte, und blickte in seine Richtung.

Sie war überrascht. Er schien zuzuhören.

Während Kate unruhig auf ihrem Stuhl herumrutschte, las Herr Nordstrom weiter. »Sei still, und erkenne, dass ich Gott *bin* –«

Sei still?, dachte Kate. Äußerlich hörte sie auf zu wibbeln, doch innerlich wurde sie noch unruhiger.

Dann betete Herr Nordstrom. »Wir danken dir, himmlischer Vater. Wir danken dir, dass du über Kate und Anders gewacht hast. Wir danken dir für den ersten Morgen als eine neue Familie.«

In diesem Moment kamen Kate die Tränen, die sie die ganze Zeit zurückgehalten hatte. Schnell wischte sie sich über ihre Wangen in der Hoffnung, dass Anders nichts gesehen hatte.

Herr Nordstrom räusperte sich, dann fuhr er fort: »Hilf uns, Vater, als Familie zusammenzuwachsen.«

Als er »Amen« sagte, stimmte Mama mit ein. Ruhig legte sie ihre Hand auf die von Herrn Nordstrom. Als sie lächelte, verschwand die Furcht aus ihren Augen.

Später am Tag, als Kate mehr über den Bullen nachdachte, fragte sie sich, ob wirklich Gott ihr geholfen hatte. Wahrscheinlich war es Zufall, dass Anders ausgerechnet zu dem Zeitpunkt vorbeigekommen war.

Zur Abendbrotzeit begann es wieder zu regnen und hörte die ganze Nacht nicht auf. Der folgende Tag war Sonntag, und Herr Nordstrom sagte, die Straßen seien zu morastig, um zur Kirche zu fahren. Nach dem Frühstück betete und sang er mit ihnen. Die Familie sang gut zusammen, doch Kate wünschte sich, sie hätte eine Orgel und könnte die Kirchenlieder darauf spielen.

Als der Montagmorgen dämmerte, verbarg Nebel den See unterhalb des Hügels. Die grauweiße Welt erschien unheimlich in ihrer Stille.

Kate hatte Angst davor, eine neue Schule zu besuchen. Angst davor, den anderen Kindern zu begegnen. *Was ist, wenn sie mich nicht leiden können? Was ist, wenn sich alle so verhalten wie Anders?* Es gab keinen Weg, dem zu entrinnen, doch sie fühlte sich mit jedem Moment unwohler. *Ich wünschte, ich müsste nicht gehen.*

An diesem Morgen verbrachte Kate mehr Zeit als sonst vor dem Spiegel. Mehr als einmal war sie froh darüber gewesen, dass Mama eine Näherin für wohlhabende Damen war. Oft schenkten sie ihr übrig gebliebenen Stoff. Manchmal dachte Mama sich eine Möglichkeit aus, zwei Farben gemeinsam zu verwenden, um genug Stoff für ein Kleid zu haben.

Das hellblaue Kleid, das Kate jetzt anzog, war ihr Lieblingskleid. Als sie vor dem Spiegel stand und ihre lange Schleife dazu band, wusste sie, dass sie so am besten aussah. Gleichzeitig schauten ihre tiefblauen Augen jedoch ängstlich drein.

Sie nahm das Medaillon von Vati, hängte es sich um und ging hinunter zum Frühstück. Dort erfuhr sie, dass sie, Anders und Lars zur Schule einen Weg durch den Wald nehmen würden.

»Es ist kürzer, als wenn man der Straße nachgeht«, sagte Herr Nordstrom zu Kate. »In der letzten Zeit hat dort niemand Holz gefällt, also werden dort keine tiefen Furchen sein. Doch wo Matsch ist, sei vorsichtig. Das ist so glitschig wie Eis.«

Als es Zeit zum Gehen war, gab Mama Kate die Schiefertafel und einen Sirupeimer. Mit seinem Metallhenkel und seinem festsitzenden Deckel würde der Eimer ihr Schulbrot vor jedem Wetter schützen.

Anders bestimmte draußen den Weg. Ohne nach Kate zu sehen, schritt er den Fuhrweg entlang, der den Hügel hinunter und dann am See vorbeiführte. Lars folgte ihm – und hinten auf seinem Kopf stand wieder ein rotes Haarbüschel in die Höhe. Kate blieb dahinter.

Mit seinen großen Schritten legte Anders ein flottes Tempo vor. Kate fiel es mit ihren kurzen Beinen schwer, Schritt zu halten. Jedes Mal, wenn sie an eine

Pfütze voller Matsch kamen, machte sie einen Bogen darum und versuchte, sich nicht schmutzig zu machen.

Geschützt durch den Wald, bedeckten hier immer noch Schneeflecken den Boden. Im Nebel schienen die Kiefern schwarz zu sein. Wild verwachsene Büsche formten Hecken.

Blattlose Zweige schlossen Kate ringsum ein, als wären sie nicht bereit, Boden für den Weg freizugeben.

Sie fröstelte, froh über den warmen Mantel, den sie anhatte. »Wie weit ist es?«, fragte sie Anders.

Als er nicht antwortete, hob Kate ihre Stimme und versuchte es noch einmal.

Es war Lars, der ihr sagte: »Ungefähr eine Meile.«

Es dauerte nicht lange, bis der Fuhrweg zu einem Fußweg wurde und dann in einen Pfad überging. Hier und da zweigten andere Pfade davon ab. Bald verlor Kate jede Orientierung. Sie war froh, dass Anders sie führte, auch wenn seine breiten Schultern steif und unnahbar waren. Er war ärgerlich. Kate wusste das. Sein Kopf mit dem blonden Haarschopf war immer nach vorn gerichtet, so als wolle er sie ignorieren.

Sie waren eine Zeit lang gegangen, da hörte Kate eine Schulglocke. Da sie ihre Schritte beschleunigte, drehte Lars ihr sein sommersprossiges Gesicht zu: »Das ist erst das erste Läuten. Wir haben noch eine halbe Stunde Zeit.«

Bald danach kamen sie zu einem hohen Bergrücken, von wo das Gelände an beiden Seiten des Pfades steil abfiel. Kleine eisbedeckte Pfützen füllten die Mulden weiter unterhalb. Nachdem er eine Weile dem Hang gefolgt war, blieb Anders stehen.

Lars deutete durch die blattlosen Bäume hinunter. »Da ist es.«

Am Fuß des Hügels auf einer Erhebung in der Nähe der Eisoberfläche des Sees stand ein Schulgebäude. Kate war verwirrt. »Ist das der See in der Nähe von unserem Haus?«

Lars schüttelte den Kopf, und sein rotes Haar fiel ihm in die Augen. »Das ist der Spirit Lake. Wir leben am Rice Lake. Wir sind durch den Wald gegangen, der dazwischenliegt.«

Ohne ein Wort setzte Anders den Weg fort, und Kate und Lars folgten ihm den Hügel hinunter.

Unten floss ein Bach. Angeschwollen durch Regen und schmelzenden Schnee, strömte das Wasser hoch zwischen seinen Ufern dahin. Kate blieb stehen, hinüberspringen konnte sie nicht.

Dann sah sie den Baumstamm, der das Wasser überbrückte. Anders ging entschlossen als Erster hinüber, dabei bewegte er sich so schnell, dass er hinüberzurennen schien. Lars balancierte hinterher, als denke er gar nicht darüber nach. Auf der anderen Seite blieb er am morastigen Ufer stehen und blickte zurück.

Hinter Lars konnte sie eine Landschule sehen, die nur aus einem Raum bestand. Trotz allem, was sie bisher erlebt hatte, schien es ihr, als würden sich die

Mauern der Schule sich ihr entgegenstrecken, um sie willkommen zu heißen.

Kate schluckte schwer, doch das leere Gefühl in ihrem Magen verschwand nicht. Voller Panik schaute sie zu Anders und Lars. *Ich darf ihnen nicht zeigen, dass ich Angst habe. Sie werden mich sonst auslachen.*

Vorsichtig setzte sie einen Fuß auf den Stamm. Dann sah sie hinunter. Der angeschwollene Bach rauschte unter ihr. Kate war eiskalt vor Furcht.

»Los, komm«, sagte Anders, der zum ersten Mal an diesem Morgen sprach.

Kate setzte auch den zweiten Fuß auf den Stamm. Als sie jedoch versuchte, sich mit einem Fuß vorwärtszubewegen, konnte sie sich nicht rühren. Ihr Fuß schien am Stamm festgefroren zu sein.

»Beeil dich!«, drängte Anders.

Kate fühlte sich wie eine Eisstatue. »Ich kann nicht«, sagte sie schließlich; ihre Worte waren nur ein Flüstern.

Anders' Stimme klang ungeduldig. »Angsthase! Los, komm! Es passiert dir nichts. Geh einfach hinüber.«

»Ich kann nicht«, sagte Kate wieder. Das Wasser schien jetzt näher zu sein und sogar noch schneller zu fließen.

»Du kommst besser, oder ein Bauerntrampel wird dir helfen müssen«, rief Anders.

Kate spürte, wie ihr die Hitze ins Gesicht stieg, und sie merkte, dass sie rot wurde. »Es tut mir leid«, sagte sie leise und hielt dabei ihre Augen weiter auf das Wasser gerichtet.

»*Es tut dir leid!*«, rief Anders aus. Kate traute sich nicht, ihn anzublicken. »Es tut ihr leid, sagt das Mädchen aus der Stadt. Das ist nicht genug.« Seine Stimme veränderte sich, klang jetzt selbstsicher und laut. »Der Pastor sagt, wenn du etwas Gemeines sagst, sollst du Buße tun.«

Kate richtete sich auf. »Buße tun, das stimmt doch überhaupt nicht!« Da nahm sie das Grinsen auf Anders' Gesicht wahr und verlor fast das Gleichgewicht.

»Na schön«, sagte Anders geziert und dann mit normaler Stimme: »Ich nehme an, ich muss dir wieder heraushelfen.«

Er sprang auf den Stamm, der so sehr wackelte, dass Kate beinahe hinuntergefallen wäre. Während er ihren Sirupeimer nahm, klemmte sie ihre Tafel unter den anderen Arm. Als er seine freie Hand ausstreckte, ergriff Kate sie.

Kate wagte kaum zu atmen, als sie Schritt für Schritt den Stamm überquerte. Als sie an der gegenüberliegenden Seite das morastige Ufer hochkletterten, ließ er sie los.

Kates Füße rutschten unter ihr weg, und sie fiel auf Hände und Knie. Ihre Tafel landete im Schlamm. »Oh, nein!«, schrie sie.

»Oh, nein!«, echote Anders mit affektierter Stimme.

Vorsichtig richtete Kate sich auf. Ihre Hände

starrten vor Dreck, und ihre langen Strümpfe sahen genauso aus. »So ein Mist!«

Kate nahm ihr Taschentuch und wischte Hände und Knie ab. Wenigstens sahen Kleid und Mantel nicht so schlimm aus. Behutsam nahm sie ihre schmutzige Tafel auf.

Anders rutschte am Ufer wieder hinunter und streckte seine Hand aus. Noch einmal hielt Kate sich fest. Als Anders seinen Fuß oben auf das Gras setzte, ließ er wieder los.

Ohne Warnung gab der weiche Grund unter Kates Füßen nach, und sie setzte sich hart auf den Boden. Kalter Matsch sickerte durch ihre Strümpfe und durch ihr Kleid.

Hilflos sah sie hoch und fragte sich, ob Anders sie hereingelegt hatte. Dann sah sie Lars grinsen und wusste die Antwort. Wut stieg in ihr hoch. Sie rappelte sich auf und fiel fast schon wieder hin.

Nachdem sie endlich festen Boden erreicht hatte, stampfte Kate mit dem Fuß auf. Als sie Anders sah, explodierte sie. »Du hast absichtlich losgelassen!«

»Ich? *Ich* habe absichtlich losgelassen? Wie könnte ein Bauerntrampel auf eine solche Idee kommen?« Anders grinste seinen Bruder an. »Lars, glaubst du, dass ich jemals so etwas tun würde?«

Lars kicherte, und Kates Ärger wuchs. »Du – du«, schnaubte sie, unfähig, Worte zu finden, die schlimm genug waren. »Ihr seid beide unausstehlich!«, wetterte sie. »Ihr habt das geplant!«

Sie riss etwas von dem langen Gras ab und versuchte, sich sauber zu machen. Doch als sie sich umdrehte, um ihren Rock zu betrachten, wurde ihr schlecht. Ihr Rock war hinten voller Matsch.

»Ich will nach Hause«, sagte sie, während sie versuchte, ihre Stimme unter Kontrolle zu halten.

»Das kannst du nicht«, antwortete Anders so schnell, dass Kate merkte, er meinte es ernst. »Du kannst nicht so weit laufen, wenn du nass bist. Deine Kleidung würde frieren.«

Seine Stimme wurde weicher. »Komm.«

Langsam folgte Kate. Es gab nichts, das sie weniger wollte, als durch die Tür dieser Schule zu gehen.

Die Schule am Spirit Lake

Als Kate das Schulhaus betrat, spürte sie die Wärme des dickbauchigen Ofens. Miteinander verbundene Tischreihen erstreckten sich im Raum bis nach vorne. Über der Tafel hing ein Bild von George Washington und ein weiteres von Abraham Lincoln.

Eine junge Lehrerin kam auf sie zu, als sie Kate an der Tür erblickte.

»Das ist Fräulein Sundquist«, stellte Anders höflich vor. »Und das ist Katherine Nordstrom.«

»Katherine *Nordstrom*?« Dieser Name traf Kate empfindlich. »Ich bin Katherine O'Connell!« Anders war der letzte Mensch auf der Welt, von dem sie erwartet hatte, dass er sie *Nordstrom* nennen würde.

Die Lehrerin sah zuerst Kate, dann Anders an. »Welcher Name ist es nun?«

Anders zuckte die Schultern und wartete, während er Kate anblickte.

Kate nahm einen tiefen Atemzug. »Ich bin eine O'Connell«, sagte sie stolz, obwohl Mama sie gebeten hatte, den Namen Nordstrom zu benutzen.

Anders stand da, beobachtete sie, und seine blauen Augen lachten.

Kate vermutete, dass er darauf wartete, ob sie ihn verpetzen würde. Hinter ihrem Rücken ballte sie die Faust und drehte sich ein Stück, damit Anders sie sah.

Anders kicherte.

Fräulein Sundquist wandte sich ihm zu: »Ist hier etwas komisch, Anders? Ich denke nicht. Katherine sieht nass und durchgefroren aus.« Dann richtete sie sich wieder an Kate und fragte sie: »Was ist geschehen?« Ihre Stimme klang besorgt.

Unter seinem Wust von blonden Haaren wurde Anders' Gesicht ernst. Er blieb in Hörweite stehen, als wolle er herausfinden, ob Kate es wagen würde, ihm die Schuld zu geben. Als sie es nicht tat, schlenderte er davon.

Fräulein Sundquist führte Kate zu einer kleinen Garderobe. Entlang der Außenwände befanden sich Regalbretter für Provianteimer, an den anderen Wänden Haken für Mäntel und Jacken. »Du kannst deinen Mantel hier aufhängen!«, sagte die Lehrerin. »Lass ihn trocknen, bevor du versuchst, den Dreck herauszubekommen. Doch warum wäschst du dich nicht an der Pumpe? Ich habe ein paar Handtücher.«

Draußen spürte Kate wieder die Kälte der Märzluft. Das Wasser aus der Pumpe, mit dem sie vorsichtig den Schmutz von ihren langen Strümpfen entfernte, war eiskalt. Sie drehte sich herum und versuchte, ihr Kleid hinten zu schrubben. Doch der graubraune Fleck wurde nur größer.

Ihre lange Schleife triefte vor Schmutz. Kate nahm sie ab, spülte sie unter der Pumpe aus, wrang das Wasser heraus und machte die Schleife wieder hinten fest.

Im Schulhaus angelangt, fühlte sie sich abermals

völlig durchgefroren. Eine Zeit lang stand Kate mit dem Rücken zum Holzofen und merkte, dass die anderen Kinder sie beobachteten. Allmählich wurde ihr wärmer, doch ihre Strümpfe blieben feucht und durchgeweicht. Es würde lange dauern, bis sie trocken waren.

Als Fräulein Sundquist ihr einen Tisch zuwies, setzte Kate sich schnell hin, in der Hoffnung, den Fleck auf ihrem Kleid zu verbergen.

Einen Moment später forderte die Lehrerin die Kinder auf, sich zum üblichen Treuegelöbnis für ihr Land zu erheben. Langsam glitt Kate aus ihrer Bank. Hinter ihr kicherte jemand.

»Psssst!«

Kate wirbelte herum.

»Psssst!« Der Junge hinter Kate zischelte noch einmal, um Anders' Aufmerksamkeit zu erregen. Anders grinste ihn an, dann deutete er mit seinem Kopf in Kates Richtung.

Schnell drehte Kate sich wieder um und schaute nach vorne. Es war klar, dass die Jungen über sie sprachen. Als sie sich hinsetzte, hatte sie nur einen Gedanken: *Was haben sie vor?*

Um alles noch schlimmer zu machen, pfiff durch ein Astloch im Boden neben Kate ein kalter Wind. In der folgenden Stunde wurden ihre feuchten Beine und Füße zuerst wie Eis, danach völlig taub. Fröstelnd biss sie sich auf die Lippen, damit ihre Zähne nicht zu klappern anfingen. Auf keinen Fall wollte sie aufstehen und ihren Mantel holen.

Um ihr Elend zu vergessen, schaute Kate umher. Die fremden Mädchen weckten in ihr die Sehnsucht nach Sarah Livingston, die so stark war, dass es sie innerlich schmerzte.

Auf der anderen Seite des Gangs saßen zwei Mädchen an einem Doppeltisch. Das Mädchen am nächsten zu ihr schien in ihrem Alter zu sein. Sie hatte hellbraunes Haar, haselnussbraune Augen und eine helle Haut mit ein paar verstreuten Sommersprossen auf der Nase. Als Fräulein Sundquist das Mädchen aufrief, erfuhr Kate, dass ihr Name Josie Swenson lautete.

Vielleicht kann ich sie in der Pause kennenlernen, dachte Kate.

Später jedoch, als sie zufällig aufblickte, bemerkte sie, wie Josie und ihre Freundin sie anstarrten. Sie betrachteten das Kleid, das Kate stolz an diesem Morgen angezogen hatte.

»Es ist im Geschäft gekauft«, hörte sie das andere Mädchen flüstern. Josie nickte, dann schaute sie weg.

Zum ersten Mal nahm Kate die Kleider der anderen Mädchen wahr. Ihr eigenes sah viel zu schön aus.

»Mama hat dieses Kleid genäht«, hätte sie am liebsten herausgeschrien. »Ich bin nicht anders als ihr!« Doch Kate wusste: Das stimmte nicht. Sie war anders.

Dann dachte sie an noch etwas. Vorsichtig griff sie nach dem herzförmigen Medaillon, das Vati ihr geschenkt hatte, und ließ die Kette unter ihr Kleid gleiten. Doch als die anderen Mädchen in ihre Richtung schauten, erkannte Kate, dass es zu spät war. Sie hatten ihr Medaillon bereits bemerkt.

Wieder hatte Kate Sehnsucht nach Sarah. »Ich will eure Freundin sein!«, wollte sie den Mädchen sagen. Stattdessen fühlte sie sich ausgeschlossen.

»In dieser ganzen Schule bin ich die Einzige mit schwarzem Haar«, murmelte Kate vor sich hin. Ihr Elend wurde dabei noch größer. »Ich bin das einzige Mädchen mit nur einem Zopf statt mit zwei Zöpfen! Ich bin die Einzige mit einem irischen Namen!«

Einen Augenblick dachte Kate darüber nach. Dann warf sie ihren Zopf über die Schulter. *Und ich werde so bleiben! Ich werde es ihnen zeigen!*

Doch es dauerte nicht lange, da war das bisschen Selbstvertrauen in sich zusammengeschmolzen. In sämtlichen Reihen sah ein Kind nach dem anderen in ihre Richtung und kicherte.

Jedes Mal, wenn Kate es bemerkte, fragte sie sich: *Warum lachen sie über mich?*

Sie öffnete ein Buch und tat so, als ob sie lesen würde. Anders ging vorüber und riss ihr das Buch aus den Händen. Sein heiseres Flüstern war bis ans Ende des Ganges zu hören. »Du liest nicht, Katherine *Nordstrom*.«

Mit einer übertriebenen Verbeugung drehte er das Buch herum. Erik, der Junge hinter Kate, lachte leise.

Dann rief Fräulein Sundquist Kate auf, etwas zu wiederholen.

Kate stöhnte. »Muss ich wirklich?«, hätte sie am

liebsten gefragt. Alles, woran sie denken konnte, war der schmutzige Fleck auf ihrem Kleid.

Fräulein Sundquist rief noch einmal. »Katherine, komm bitte her!«

Langsam versuchte Kate aufzustehen. Sie konnte sich nicht rühren.

Ein Mädchen auf der anderen Seite des Raumes begann zu kichern. Ein Kind nach dem anderen fiel mit ein.

Noch einmal versuchte Kate aufzustehen. Es war ihr, als sei sie an ihrem Stuhl festgebunden. Sie versuchte, sich herumzudrehen, doch es ging nicht. Dann wusste sie, was los war. Erik hatte ihre Schleife am Tisch hinter ihr festgebunden! Kates Wangen wurden heiß vor Verlegenheit, als sie versuchte, sich freizumachen.

»Erik Lundgren, binde Kate los!«, befahl Fräulein Sundquist.

Als Erik Kate losmachte, drehte sich jedes Kind zum Zuschauen um. Langsam stand Kate auf. Die Kinder hielten sich die Hand vor den Mund, um ihr Lachen zu verbergen.

Langsam ging Kate nach vorne, geplagt von nur einem Gedanken: *Jeder in dieser ganzen Schule sieht mich an.*

Als die Frühstückspause kam, ging Kate zielstrebig zur Garderobe. Doch als sie draußen war, stand sie vor dem nächsten Albtraum. In der Klasse erwartete Fräulein Sundquist, dass die Kinder Englisch sprachen. Taten sie es nicht, mussten sie nachsitzen. Doch wenn die Lehrerin sie nicht hören konnte, sprachen die Kinder das Schwedisch, das sie während des Unterrichts nicht benutzen durften.

Zuerst gab Kate sich Mühe, zu verstehen, was sie sagten. Schließlich gab sie es auf und fügte ihrer Liste ein weiteres Elend hinzu. *Ich bin die Einzige in dieser ganzen Schule, die kein Schwedisch kann!*

Mit schleppenden Schritten verließ Kate den Spielbereich und setzte sich auf die Veranda vor der Schule. *Wenigstens Mama hat mich lieb!*, sagte sie sich und klammerte sich an diese eine Hoffnung.

Die anderen Kinder lärmten und spielten, doch Kate war mit ihren Gedanken weit weg. *Was Sarah jetzt wohl macht – und Michael? Ich will zurück nach Minneapolis.*

Irgendwie ging der Morgen herum. In der Mittagspause bekam Kate den festsitzenden Deckel nicht von ihrem Sirupeimer. Sie beobachtete genau, wie Josie die Lehrerin nach einem Küchenmesser fragte. Josie schob es unter den engen Rand des Deckels und hob ihn an drei oder vier Stellen an, bis er aufsprang.

Kate lieh sich das Messer, konnte jedoch den Eimer immer noch nicht öffnen. Schließlich wandte sie sich an Josie. »Kannst du mir helfen?«

Als sie Kate zeigte, was sie tun musste, lächelte Josie scheu.

»Wo wohnst du?«, fragte Kate schnell, um die Gelegenheit nicht ungenutzt vorübergehen zu lassen. Als die Mittagspause zu Ende war, schien Josie weniger ängstlich zu sein, sich mit ihr anzufreunden.

Am Nachmittag begann das Kichern von Neuem. Fräulein Sundquist schien es ebenso leid zu sein wie Kate. Sie suchte nach den Rädelsführern und rief deshalb: »Anders!«, dann: »Lars!«

Die zwei Jungen standen auf.

»Geht in den Garderobenraum, bis ihr ausgelacht habt.«

Lars schaute verängstigt, als sei er eine solche Strafe nicht gewohnt. Anders war da ein anderer Fall. Als er seinen Tisch verließ, zwinkerte er Erik zu. Anders schien nichts auf der Welt aus der Fassung zu bringen.

Als Lars und Anders den Garderobenraum erreichten, sagte Fräulein Sundquist noch einmal: »Kommt nicht wieder, bevor ihr mit Lachen fertig seid!«

Danach verlief der Tag für Kate besser. Schließlich ging er zu Ende. Sie nahm ihre Bücher, holte ihren Mantel und ihren Provianteimer. Draußen stand sie für einen Augenblick auf der Veranda und beobachtete, wie sich die Kinder in alle Richtungen zerstreuten.

Als Kate um die Ecke der Schule bog, hielt sie Ausschau nach Anders und Lars. Sie waren nicht da.

Kate ging suchend um das Gebäude herum. Mit jedem Schritt wurde sie aufgebrachter. Schließlich kam ihr ein Gedanke: *Sie verstecken sich vor mir! Sie tun so, als ob sie nicht da wären, und wollen sehen, wie viel Angst ich bekomme.*

Sie atmete einmal tief durch und versuchte, ruhig auszusehen. *Das Problem ist: Ich* habe *Angst.*

Schon der Gedanke, den Weg durch den Wald allein finden zu müssen, erfüllte sie mit Panik. *Was soll ich bloß machen?*

Einen Moment noch stand sie dort, dann fasste sie einen Entschluss. »Gemeine Jungs! Ich werde sie hereinlegen!«, murmelte sie.

Sicher, dass Anders und Lars hinter einem Busch steckten und sie beobachteten, ging Kate los. *Die werden nicht über mich lachen!*

Als sie zum Bach kam, glitt sie am Ufer hinunter, doch es gelang ihr, auf den Füßen zu bleiben. Kate betrat den Stamm, darunter rauschte das eisige Wasser. Sie schluckte schwer, dann machte sie einen Schritt, dann einen zweiten und einen dritten.

Zu ihrer Überraschung schien das Überqueren nicht annähernd so schlimm wie am Morgen. Doch es blieb eine größere Furcht – wie sollte sie den Weg durch den Wald finden? Am Ende des Stammes sprang Kate auf festen Grund.

»Ich werde es diesen Jungs zeigen«, sagte sie laut, um sich selbst zu ermutigen. Sie straffte ihre Schultern, warf ihren Kopf hoch und schnippte ihren glänzend schwarzen Zopf zurück.

Mit zuversichtlichen Schritten machte sie sich auf den Weg. »Ich werde es allein schaffen«, murmelte sie und sah sich um, wo Anders und Lars sich wohl versteckt hatten.

Oben auf dem Hügel stand Kate vor der Wahl. Der Weg führte in drei verschiedene Richtungen.

Eine lange Minute stand sie da und fragte sich, was sie tun sollte. Das strahlende Sonnenlicht, das an die Stelle des Morgennebels getreten war, ließ alles anders aussehen.

Vielleicht sollte ich zurückgehen. Sie drehte sich halb um und warf einen Blick den Hügel hinunter. Da machte sie eine Feststellung.

Wenn sie in Richtung Schule blickte, sahen die Bäume genauso aus wie an diesem Morgen. Kate wählte den mittleren Weg und drehte sich noch einmal zur Sicherheit um. »Der ist es!«

Zügig schritt sie voran. »Doofe Jungs!«, sagte sie noch einmal. »Gemeine Jungs!«, sagte sie noch mal. »Ich brauche sie nicht.« Ihre Zuversicht nahm zu.

Eine Zeit lang folgte Kate einem langen Bergrücken, der sich zu tieferem Gelände neigte. Dann kam sie an eine gabelförmige Abzweigung, die sie heute Morgen nicht bemerkt hatte. Sie schaute zurück. Diesmal boten die Bäume keinen Anhaltspunkt.

Der Boden war hier fester, ohne Fußspuren, denen man folgen konnte. Kate blieb stehen und sah sich noch einmal unsicher um. Was sollte sie tun? Schließlich nahm sie den Weg, der nach rechts abbog.

Der Wald wurde jetzt lichter, und der Märzwind hatte den Boden getrocknet. Kates Füße wühlten die braunen Blätter auf, die der Winter zurückgelassen hatte. Doch es dauerte nicht lange, da endete der Weg.

Kate blickte hinter sich, um ihre Schritte zurückzuverfolgen. Doch sie traute ihren Augen nicht. *Er ist fort! Der Weg ist verschwunden!*

Ihre Angst kehrte zurück. *Wie bin ich hierhergekommen? Wo bin ich?*

Da hörte Kate das Rascheln von Blättern. »Anders! Lars!«, rief sie. Ein Eichhörnchen sprang davon.

»Anders! Lars!«, rief sie noch einmal. Es kümmerte sie nicht länger, ob die beiden über sie lachen würden. »Kommt heraus! Der Spaß ist vorbei!«

Kate lauschte, dann rief sie die Namen, bis sie heiser war. Niemand antwortete. Niemand sprang lachend aus dem Gebüsch.

Schließlich wurde ihr die schreckliche Wahrheit bewusst. *Sie sind nicht hier! Sie verstecken sich gar nicht vor mir!*

Tief innerlich begann Kate zu zittern. Der Gedanke wirbelte durch ihren Kopf: *Ich habe mich in diesen schrecklichen Wäldern verlaufen!*

Der geheimnisvolle Fremde

Von Panik ergriffen rannte Kate los. Zweige schlugen ihr ins Gesicht. Dornen rissen an ihrem Mantel und zerkratzten ihre Beine.

Kate suchte Lücken zwischen den Bäumen und Büschen und stürzte vorwärts. Mehrmals machte sie einen Bogen um große Buschgruppen. Schließlich musste sie stehen bleiben. Durch das verschlungene Buschwerk konnte sie nicht weiter.

Sie nahm einen langen, tiefen Atemzug, doch ihre Panik wollte nicht weichen. *Bären. Bären leben in diesem Wald!*

Hinter Kate knackte ein Ast, und sie wirbelte herum. Ihr fiel alles ein, was sie jemals über Bären gehört hatte. »Wisconsin ist eine Wildnis«, hatte Sarah gesagt. »Es gibt dort überall Bären.«

»Jo, wir haben Bären«, hatte Herr Nordstrom Kate und Mama erzählt. »Manchmal sind sie fünfhundert Pfund schwer.«

Es spielte keine Rolle, dass er auch gesagt hatte: »Sie haben mehr Angst vor uns, als wir vor ihnen haben müssen.« Kate erinnerte sich nur an seine Worte: »Jo, wir haben Bären.« Während ihr Magen sich zusammenzog, versuchte sie die Angst beiseitezuschieben. Doch dann kam ihr ein weiterer schrecklicher Gedanke: *Was ist, wenn es dunkel wird, bevor ich den Weg finde?*

Panik überkam Kate wie die Wellen einen Strand. »Ich habe Angst, Gott! Schreckliche Angst!«, schluchzte sie los. »Das ist noch schlimmer als der Bulle. Vielleicht hast du mir dabei ja doch geholfen.«

Es fiel ihr schwer zu glauben, dass der Gott, der ihre Gebete in falscher Weise beantwortete, jemals etwas Gutes tun könnte. Doch sie war verzweifelt. »Wenn du mich hier herausholst, Gott, dann will ich –«

Kate hielt inne, um sich ein Versprechen zu überlegen, mit dem sie Gott dazu bringen konnte, ihr zu helfen. Schließlich sagte sie: »Wenn du mir hilfst, Gott, will ich glauben, dass du für mich sorgen kannst. Ich will sogar glauben, dass du Gutes tust!«

Kate war von Stille umgeben. Sie fragte sich, ob sie eine Stimme hören würde, die ihr sagte, was sie tun solle. Jetzt, wo sie Gott um Hilfe gebeten hatte, fürchtete sie sich sogar noch mehr. *Vielleicht ist es Gott egal, was mit mir geschieht. Vielleicht bestraft er mich jetzt, weil ich so schlecht über ihn gedacht habe.*

Plötzlich vergaß Kate jedes Wenn und Aber und jedes Vielleicht. Außer ihrem Herzschlag spürte sie nur noch die Ruhe der Wälder.

Etwas geschah in ihr. Sie fühlte sich seltsam – ruhig, so ruhig wie die Wälder selbst. Zum ersten Mal seit Monaten empfand sie Ruhe, ja sogar Frieden. Es half ihr, an die Worte zu denken, die Herr Nordstrom gelesen hatte. »Sei still und erkenne, dass ich Gott *bin*.«

Ein leichter Windhauch berührte Kates Gesicht und trocknete ihre Tränen. Sie nahm einen tiefen Atemzug; ihre Angst war fort. Sie war selbst überrascht davon.

Dann fiel ihr wieder ein, was Vati gesagt hatte. »Du musst den Dingen ins Auge sehen, Kate, auch wenn du Angst hast. Du musst geradewegs vorangehen.«

Er hatte diese Worte immer gesagt, wenn sie Angst hatte: Angst, zur Schule zu gehen; Angst, etwas Neues lernen zu müssen. *Geh geradewegs voran! Doch wie?*

Kate hatte schon Geschichten von Menschen gehört, die sich in den Wäldern verirrt hatten. Oft waren sie im Kreis gelaufen und hatten nie den Weg herausgefunden. *Vielleicht habe ich das auch gemacht.* Ihre Panik kam wieder hoch, doch auch die Worte ihres Vaters. »Geh geradewegs voran.«

Wie? Das Wort schien in der Stille widerzuhallen.

Dann bemerkte Kate die Sonne. Langsam begann sie, loszugehen. Vorsichtig nahm sie ihren Weg herum um das Dickicht. Sie benutzte die Sonne als Führer und ging genau in eine Richtung.

Die Zeit verging, doch schließlich kam Kate an einen Weg. Sie hatte keine Ahnung, wohin er führte – ob sie zur Schule oder in die entgegengesetzte Richtung ging. Sie war einfach froh, dass sie dem Weg folgen konnte. Irgendwohin musste er ja führen.

Nachdem sie eine Zeit lang marschiert war, bemerkte Kate, dass links der Wald offener zu sein schien. Vielleicht könnte sie von dort etwas erkennen. Sie fürchtete sich allerdings, den Weg zu verlassen, da sie ihn vielleicht nicht wiederfinden würde.

Vorsichtig schaute Kate sich um. Hinter ihr stand eine große Eiche, links von ihr eine Gruppe von Birken. Langsam drehte sie sich, um sich einzuprägen, wie die Bäume standen. Dann verließ sie den Weg und zählte dabei ihre Schritte.

Schon bald endete das dichte Gebüsch. Kate erspähte einen großen Felsen und kletterte hinauf. Dicht neben ihr fiel der Berg steil ab. Hohes Marschgras und kleine Bäume durchbrachen den noch liegenden Schnee. Unten war das Eis eines Sees zu sehen. Der See kam ihr bekannt vor.

Einen Moment lang überlegte Kate und versuchte, ihrem Gedächtnis nachzuhelfen. Dann plötzlich fiel es ihr ein. *Es ist der Rice Lake! Ich weiß, wo ich bin!* Sie war sich nun auch sicher, sie würde die Windy Hill Farm finden. Wenn sie den See immer auf der linken Seite behielt, würde sie nach Hause kommen.

Kate warf einen letzten Blick auf die Landschaft; sie wollte schnell von hier fortkommen. Da hörte sie das Knacken eines Zweiges.

Sie erstarrte. *Sind also doch Bären da?*

Ein weiterer Zweig knackte. Dann war ein Geräusch zu hören. Es hörte sich an, als ob etwas durch die trockenen, toten Blätter am Boden schlurfte. Während Kate stehen blieb, kam das Geräusch näher und näher.

Kate drehte sich in die Richtung, aus der es kam. Sie stand auf dem Felsen und lugte über eine umgestürzte Eiche hinweg, deren abgestorbene Blätter immer noch an den Zweigen hingen.

Auf dem Weg kam ein Mann in Sicht. *Hu! Kein Bär!*

Kate öffnete den Mund, um einen Ruf auszustoßen, doch etwas sagte ihr, lieber zu schweigen. Als sie das Gesicht des Mannes erblickte, war sie sehr froh darüber.

Unter einem alten schwarzen Hut hing sein lockiges schwarzes Haar bis auf die Schultern herab. Sein langer schwarzer Bart war genauso lockig und sah aus, als sei er seit Wochen nicht gestutzt worden. Der Fremde trug ein kleines hölzernes Kästchen und eine Schaufel.

Er blieb stehen und schaute sich um. Schnell kniete Kate sich hinter die umgestürzte Eiche.

Einen Moment später hörte sie das Geräusch, das durch Graben verursacht wird. Langsam und leise stand sie auf und lugte über die Zweige.

Der Mann hatte das Kästchen auf den Boden gestellt. Er grub an einer kleinen offenen Stelle, an der sich keine Bäume und Büsche befanden, mit dem Rücken zu Kate ein Loch. Sein zerknautschter schwarzer Mantel hatte einen langen Riss im Ärmel.

Kate beobachtete, wie der Mann das Loch breiter und tiefer grub. Nach einiger Zeit steckte er seinen Spaten in die Erde und sah sich um. Mit klopfendem

Herzen duckte sich Kate. Als sie erneut das Schaufeln hörte, richtete sie sich wieder auf.

Das Kästchen war verschwunden, und der Mann schaufelte die Erde zurück in das Loch. Von Zeit zu Zeit trat er auf die Erde und stampfte sie fest. Schließlich trat er zurück, um sich die Stelle zwischen den Birken und der großen Eiche einzuprägen.

Wieder sah er sich um, doch diesmal auf dem Boden. Lange braune Grasbüschel kamen durch den schmelzenden Schnee zum Vorschein. Der Fremde riss sie aus und streute die langen Halme dort auf die fest gestampfte Erde.

Als Nächstes sammelte er unter einem Busch feuchte, abgefallene Blätter und verteilte sie über das Gras. Noch einmal trat er zurück, um sein Werk zu betrachten. Dann nahm der Fremde sein Werkzeug und brach auf. An einer matschigen Stelle wich er zur Seite des Weges aus und ging dann weiter Richtung Windy Hill Farm.

Als sich Kate sicher war, dass der Fremde fort war, verfolgte sie ihre Schritte zurück zum Weg. Einen Moment lang stand sie da und prägte sich die Stelle zwischen der Birkengruppe und der großen Eiche ein. Hätte sie das Kästchen nicht mit eigenen Augen gesehen, hätte sie nie vermutet, dass es dort vergraben war.

Kate kniete sich hin und schob die Blätter und das trockene Gras beiseite. Während sie die Stelle, an der der Mann gegraben hatte, freilegte, entdeckte sie Fußabdrücke in der Erde. Irgendetwas war eigenartig an ihnen – es war anders als bei anderen Schuhen oder Stiefeln.

Wie kann ich das Kästchen ausgraben? Ein Versuch in der festgetretenen Erde, und sie erkannte, dass es sinnlos war. Sie musste mit einer Schaufel hierher zurückkommen. *Ich werde Anders Bescheid sagen. Er hat bestimmt keine Angst.*

Schnell verdeckte Kate die umgegrabene Erde wieder mit dem trockenen Gras und den Blättern. Zufrieden damit, die Stelle gut verborgen zu haben, machte sie sich auf den Weg nach unten.

Schließlich gelangte Kate zum Holzfällerweg und dann zum Fuhrweg, der bei der Windy Hill Farm am Fuß des Hügels entlangführte. Als sie die Quelle zwischen Straße und Rice Lake erblickte, wusste sie: Sie war fast zu Hause.

Schwere Balken, die wie eine große Holzkiste um die Quelle gebaut waren, fingen das Wasser auf und hielten es zurück. Kate kniete sich hin und ließ ihre Hände in das Wasser gleiten. Der Kälteschock lief bis hinauf in ihre Arme. Doch es tat gut, und sie beugte sich vor, um sich Wasser ins Gesicht zu spritzen. Dann formte sie ihre Hände zu einer Mulde und begann zu trinken.

Schließlich wippte sie auf die Fersen und blickte über den Rice Lake hinüber zu den Bergen.

Ihre Angst, in den Wäldern verirrt zu sein, war vorbei. Doch jetzt machte sie sich Sorgen wegen des Fremden, den sie gesehen hatte. *Wer ist das? Was ist in dem Kästchen, das er vergraben hat?* Tief in Gedanken hörte sie nicht die Schritte hinter sich. Stattdessen fühlte Kate einen leichten Schlag auf ihrer Schulter.

Sie fuhr hoch. Ihr Herz klopfte bis zum Hals. *War der schrecklich aussehende Mann zurückgekommen?*

Bienen!

Kate sprang vollends auf die Füße und trat dabei auf den Saum ihres Kleides. Als sie herumwirbelte, hörte sie gerade noch, wie er riss.

Anders stand vor ihr, seine blauen Augen lachten. Kates Panik verwandelte sich in Ärger. »Was machst du denn hier?«

Ein leichtes Grinsen huschte über sein Gesicht. Er griff nach unten und rupfte ein Büschel Marschgras aus, das über den noch liegen gebliebenen Schnee hinausragte. »Es ist doch wohl in Ordnung, Stadtmädchen, dass ich hier bin?«, erwiderte er, während er begann, auf dem Gras herumzukauen. »Ich wohne hier.«

Kate stampfte mit dem Fuß auf. »Ich weiß, dass du hier wohnst! Aber wieso schnüffelst du mir hinterher?«

»Ich bin gekommen, um nach dir zu sehen«, sagte er gedehnt. »Nur für den Fall, dass du den Weg nach Hause nicht findest.«

»Ich habe ihn ganz gut gefunden«, antwortete Kate mit ärgerlicher Stimme. Sie spürte jedoch, wie ihr das Blut ins Gesicht schoss. »Wo wart ihr überhaupt?«

»Die Lehrerin hatte gesagt, wir sollten nicht zurückkommen, bevor wir aufhören würden zu lachen. Lars und ich konnten nicht aufhören zu lachen.« Anders sah aus, als breche er wieder in Lachen aus.

Dann zwinkerte er. »Also sind wir unter den Regalbrettern der Garderobe hinausgeschlüpft und nach Hause gegangen.«

Kate musste grinsen und hätte beinahe mit Anders gelacht. Doch dann dachte sie daran, wie sie sich gefühlt hatte, als sie verirrt, allein und rundherum von Büschen eingeschlossen war. Sie schluckte schwer.

Anders hörte auf zu lachen, und seine Augen blickten ernst. »Hab vergessen, dass du vielleicht den Weg nicht weißt.«

»Natürlich wusste ich den Weg!«, ereiferte sich Kate, in der Hoffnung, er würde nicht merken, welche Angst sie gehabt hatte. »Habe mir halt Zeit für den Nachhauseweg genommen.«

»Du lügst«, sagte Anders ruhig. »Man sieht dir die Angst jetzt noch an.«

Kate straffte ihre Schultern, um größer zu wirken. »Das ist lächerlich!«, antwortete sie betont erwachsen. »Wie ich schon sagte: Ich bin gemütlich gegangen.«

»Na gut, ich wollte nur sicher sein, dass dich die Bären nicht bekommen haben.«

Plötzlich beugte sich Anders vor, entfernte einen Zweig vom Ärmel ihres Mantels und gab ihn ihr. »Du bist vom Weg abgekommen, stimmt's? Säubere besser den Kratzer auf deiner Wange.« Er nahm ein Taschentuch heraus, tauchte es ins Wasser und beugte sich vor.

Schnell trat Kate einen Schritt zurück aus seiner Reichweite. »Ich will deine Hilfe nicht!«

Anders zuckte die Schultern. »In Ordnung, meinetwegen. Doch wenn du dich schon wäschst, warum wäschst du dann nicht den Dreck aus deinem Gesicht?«

»Den Dreck?«

»Jup. Die Ringe in deinem Gesicht.«

Wieder spürte Kate, wie ihr die Röte ins Gesicht stieg. »Oh, du – du –«, schnaubte sie. Sie drehte sich um und stapfte dem Haus entgegen.

Anders rief ihr hinterher: »Was ist los, Stadtmädchen?« Dann fiel er in einen Singsang: »Aaangst-haase, Aaangst-haase!«

Ohne Vorwarnung stiegen Kate Tränen in die Augen. Sie beschleunigte ihre Schritte, während sie Anders weiter den Rücken zuwandte, damit er es nicht sehen konnte. *Werde ich jemals dazugehören? Werde ich mich jemals als Teil dieser Familie fühlen?*

Sie war den steilen Berg bereits halb hinaufgegangen, als ihr einfiel, dass sie Anders nichts von dem geheimnisvollen Fremden erzählt hatte. »Schön, jetzt erzähle ich ihm eben nichts davon!«, murmelte sie zu sich selbst. »Er würde sowieso nur sagen: ›Du hast dir etwas eingebildet, weil du Angst hattest!‹«

Sein Necken klang noch in ihren Ohren. *»Angsthase« nennt er mich! Na, ich hatte guten Grund, Angst zu haben. Aber wie kann ich ihm beweisen, dass ich kein Angsthase bin?*

Weiter oben traf Kate auf Lutfisk. Sie war dem Hund nicht mehr begegnet, seit sie ihn im Stall gesehen hatte. Heute schien er freundlich zu sein, und

Kate war erleichtert. Sie kniete sich hin und streichelte seinen hellbraunen und weißen Rücken. Als sie ihm hinter seinen schwarzen Ohren kraulte, leckte er ihr die Hand, und sie fühlte sich besser. *Wenigstens einer in dieser Familie mag mich!*

Oben auf dem Berg bei den Bienenstöcken stand Herr Nordstrom. Er trug einen Hut und einen Schleier. Den Smoker auf den Eingang eines Bienenstocks gerichtet, drückte er den Blasebalg, und eine Rauchwolke quoll hervor.

Kate trat näher heran, und Herr Nordstrom rief ihr zu: »Willst du zusehen?«

Kate dachte an ihre Abneigung gegen seine Heirat mit Mama und wollte bereits den Kopf schütteln. Doch dann dachte sie an Anders. *Ich werde ihm zeigen, dass ich kein Angsthase bin!*

»Natürlich«, rief sie Herrn Nordstrom zu.

Sie hatte immer noch eine Scheu vor Mamas neuem Mann. Im Vergleich zu Vati war Herr Nordstrom schweigsam und redete, wenn es nicht unbedingt erforderlich war, nur selten. Doch Kate war neugierig auf seine Bienen. Aber noch viel mehr wollte sie beweisen, dass sie kein Angsthase war.

»Bitte deine Mama um einen Overall und um einen Strohhut. Sag ihr, dass in der unteren Schublade des Küchenschranks ein alter dünner Vorhang ist. Den kannst du als Schleier benutzen.«

Bald war Kate zurück. Der Overall war zu groß, und Mama hatte darauf bestanden, dass sie Stricke um ihre Hosenbeine band, damit die Bienen nicht hineinkrabbeln konnten. Auf ihrem Kopf trug Kate einen Strohhut, um den zum Schutz für Gesicht und Hals der Vorhang befestigt war. Es war heiß und unbequem darunter, doch sie konnte sehen.

»Beweg dich nur langsam und leise«, sagte Herr Nordstrom, als er den Deckel von einem Bienenstock entfernte. In dem hölzernen Gehäuse, das Herr Nordstrom Bienenhaus nannte, befanden sich eine Anzahl Rahmen. »Komm näher«, sagte er, als sie zögerte. »Ein sonniger Tag wie der heutige ist ein guter Tag zum Zusehen.«

Hunderte von summenden Bienen krabbelten oben über die Rahmen. Einige von ihnen flogen auf, Herrn Nordstrom und Kate entgegen. »Bleib ruhig stehen«, warnte er sie. »Dann tun sie dir nichts.«

Als die Bienen um Kates Kopf schwirrten, zuckte sie zurück und wäre am liebsten davongerannt. »Können sie durch meinen Schleier?«, fragte sie mit vor Angst angespannten Muskeln.

Herr Nordstrom lachte. »Es scheint, sie kommen überall durch. Doch es wird dir nichts geschehen. Bleib nur ruhig.«

Er drückte auf den Blasebalg und schickte eine Rauchwolke zu Kate hinüber. Die Bienen flogen von ihr fort, und Herr Nordstrom wandte sich wieder dem Bienenstock zu.

»Wonach suchen Sie?«, fragte Kate.

»Ich sehe nach der Königin. Zu dieser Jahreszeit sollte sie Eier legen.«

Herr Nordstrom zog einen Rahmen aus der Mitte

des Bienenstocks. »Siehst du, wie die Bienen Honigwaben bauen? Die sechseckigen Löcher? Hier legen sie Eier, Pollen und Nektar hinein.« Herr Nordstrom hielt den Rahmen gegen die Sonne. »Sieh mal näher hin. Hier ist eine weiße Linie, die man kaum sehen kann. Wie ein winziger Faden.«

Kate warf einen Blick darauf.

»Siehst du's?«

Sie nickte, und ihr Interesse wuchs.

»Das ist ein Ei«, sagte Herr Nordstrom, während er den Rahmen wieder an seinen Platz schob und einen anderen herauszog. »Eier werden zu Larven.« Er zeigte auf etwas, das wie kleine weiße Würmer aussah. »Und die Larven werden zu Bienen.«

Eine ungewohnte Erregung erfüllte Kate – die Erregung zu wissen, dass sie hier sein konnte trotz ihrer Furcht, gestochen zu werden. *Ich hoffe, Anders sieht mich.* Laut fragte sie: »Woher wissen die Bienen, was sie alles zu tun haben?«

»Sie haben verschiedene Aufgaben. Ein Bienenstock ist eine eigenständige Gemeinschaft, die zusammenarbeitet.«

»Alle von ihnen?«

Herr Nordstrom schüttelte den Kopf. »Nicht alle von ihnen. Die Drohnen arbeiten nicht. Im Herbst, wenn die Arbeitsbienen beginnen, sich um ihren Nahrungsvorrat zu kümmern, werfen sie die Drohnen aus dem Bienenstock hinaus.«

Kate stieß ein kurzes Lachen aus. »Das ist wie eine Familie. Manchmal mögen sie einander nicht.«

Herr Nordstrom blickte schnell auf. Nachdem er den Deckel wieder an seinen Platz gelegt hatte, entfernte er sich ein Stück von dem Bienenstock und nahm Hut und Schleier ab. »Kate, ist es schwer für dich, hier zu leben?«

Kate schaute weg, um seinem Blick nicht zu begegnen. Sie wollte nicht antworten, doch Herr Nordstrom fragte weiter. »Es ist ein großer Unterschied für dich, nicht wahr?«

Langsam nickte Kate und begann, den alten Strohhut abzuziehen. Plötzlich überfluteten sie alle schrecklichen Empfindungen dieses Tages: in den Matsch gefallen zu sein, in einer neuen Schule zu sein, in der jeder lachte, und dann verirrt in den Wäldern zu sein, nur wegen des dummen, gemeinen Anders. Kate fürchtete sich, Herrn Nordstrom anzusehen, und ihr war zum Heulen zumute.

»Es ist schwer, sich an Veränderungen zu gewöhnen, nicht?«, fragte er. Vor Überraschung vergaß Kate ihre Vorsicht. Die Worte waren heraus, bevor sie es verhindern konnte. »Woher wissen Sie das?«

Herrn Nordstroms ruhiges Lächeln reichte bis zu seinen blauen Augen. »Ob wir Kinder oder Erwachsene sind, es ist für alle von uns schwierig. Wenn wir neuen Dingen ins Auge sehen müssen, meine ich.«

Er räusperte sich. »Ich wünschte um deinetwillen, dein Papa wäre nicht gestorben – genauso wie ich wünschte, meine Anna wäre nicht gestorben. Doch es geschah mit beiden. Und wir können es nicht durch unsere Wünsche einfach ungeschehen machen und sie zurückholen.«

Kate schluckte; sie wusste: Er hatte recht. Doch sie war nicht in der Lage, etwas zu erwidern. Herr Nordstrom schien immer so ausgeglichen, als ob ihn nichts wirklich beunruhigen könnte.

»Sieh nach vorn, Kate«, sagte er und überraschte sie damit erneut. »Du musst vorangehen.«

»Wie?«, brach es aus ihr hervor. Dann war es eine Weile still zwischen ihnen. Kate wünschte sich, es wäre alles ganz einfach. In ihr, dort wo ihr Herz sein musste, war es leer. »Wie?«, fragte sie noch einmal. Sie musste es wissen.

Doch Herr Nordstrom stellte eine weitere Frage. »Was bedeutet dir wirklich etwas, Kate? Ich weiß: Du möchtest eine richtige Familie haben.« Er schmunzelte. »Allerdings nicht jeden Tag. Wenigstens nicht, wenn Anders gemein zu dir ist.«

»Woher wissen Sie das?« Kates Worte verrieten sie.

»Ich kenne Anders. Er wird sich ändern. Aber manchmal zumindest möchtest du eine glückliche Familie besitzen. Deine Mama hat es mir gesagt. Was ist dir noch wichtig?«

Kate fürchtete sich, es ihm zu sagen. Niemand hatte ihr zuvor diese Frage gestellt. Sie hatte niemandem etwas davon gesagt, nicht einmal Mama. Doch irgendwie spürte sie, dass sie Herrn Nordstrom vertrauen konnte.

»Ich möchte Orgel spielen können«, antwortete

sie schließlich mit leiser Stimme. Doch dann drängte sie der Wunsch danach mit aller Macht, und die Worte sprudelten nur so heraus. »Ich will in den Vereinigten Staaten herumreisen und Konzerte geben, so wie Jenny Lind.«

»Die schwedische Nachtigall?«

Kate nickte. »Doch statt zu singen, will ich eine Organistin sein.« Kate hielt inne. Die Worte waren heraus. Sie konnte sie nicht wieder einfangen. *Was ist, wenn Herr Nordstrom lacht?*

Doch er tat es nicht.

»Du könntest von Herrn Peters lernen«, sagte er.

»Von Herrn Peters?«

»Er ist der Organist in unserer Kirche.«

»Sie haben eine Orgel?«

»Jo, sicherlich. Die erste Orgel mit Handblasebalg im Bezirk.«

»Wirklich? Hier in der Wildnis?«

Herrn Nordstroms Lächeln erinnerte Kate jetzt an Anders. »Na, es ist nicht ganz das Ende der Welt.«

Nach einem Moment sprach er weiter. »Du müsstest etwas haben, worauf du üben kannst. Bist du bereit, dafür zu arbeiten, dass du eine Orgel kaufen kannst?«

Kate verschlug es den Atem. »Oh, ja! Doch es ist so viel Geld.«

»Jo. Lass uns überlegen. Wie kannst du Geld verdienen?«

»Ich weiß nicht«, antwortete Kate langsam. Es schien unmöglich. Aber tief in ihrem Innern spürte sie zum ersten Mal Hoffnung. Die Hoffnung, dass vielleicht, ja vielleicht –

»Ich denke darüber nach«, sagte sie, und Herr Nordstrom lächelte wieder.

Er nahm den Smoker auf, und sie gingen zurück zum Haus. »Du wirst zurechtkommen, Kate. Du wirst lernen, mit Anders zurechtzukommen.«

Draußen vor der Küchentür sagte er noch: »Und wenn du so weit bist, wäre es mir eine Ehre, wenn du mich Papa nennst.«

Aussicht vom Glockenturm

Während des Abendessens hörte Kate, wie die anderen Kinder Herrn Nordstrom Papa nannten. Seit seiner Heirat mit Mama hatte Kate vermieden, ihn mit Namen anzureden. Doch als sie in dieser Nacht im Bett lag, dachte sie darüber nach, was Herr Nordstrom gesagt hatte.

Nur Vati wird für immer mein wirklicher Vater sein.

In der Dunkelheit überlegte sie. *Vati ist jetzt seit eineinhalb Jahren tot. Ist es der Name, der zählt, oder wie lieb er mich hatte?*

Als Herr Nordstrom heute mit mir sprach, war es fast so, als hörte ich Vati sagen: »Geh vorwärts, Kate. Du musst den Dingen ins Auge sehen, auch wenn du Angst hast.«

Seit Langem hatte Kate diese Worte in ihrem Herzen bewahrt. Sie erinnerte sich daran, wie Vati ihr diese Worte gesagt hatte. Sie dachte daran, wie es war, wenn Vati nach Hause kam und sie fest in die Arme nahm; wie seine Augen funkelten, wenn er lachte und lustige, fröhliche Lieder sang. Sie wollte diese Erinnerungen an Vati festhalten.

Seltsamerweise erinnerte sie sich jedoch mehr als an alles andere an die Worte: »Sieh nach vorn, Kate, schau nicht zurück. Geh voran.« Mehr als einmal hatte er diese Worte gesagt, als hätte er gewusst, dass Kate sie einmal sehr nötig haben würde.

Doch was bedeutete das jetzt? Kate war immer noch betroffen über die Art und Weise, wie Gott ihr Gebet um einen Mann für Mama beantwortet hatte. Sie wollte immer noch mit Sarah Livingston und Michael Reilly zur Schule gehen. Schaute sie damit zurück?

Als Tina neben ihr eingeschlafen war, übte Kate »Papa« zu sagen, wie die anderen Kinder es taten. Sie versuchte Herrn Nordstroms Gesicht mit dieser Bezeichnung zusammenzubringen. Mag sein, dass sie einmal Papa zu ihm sagen könnte. Nur jetzt noch nicht.

Bald danach schlief Kate ein. Gegen Morgen träumte sie von Bienen. In ihrem Traum stand sie neben den Bienenstöcken. Während sie die Stöcke betrachtete, begann oben aus ihnen Honig herauszufließen. Dann lief er an den Seiten hinunter und wurde auf dem Boden zu einem goldenen Fluss.

Kate wollte nach Gläsern greifen. »Wo sind sie?«, rief sie aus. Doch selbst Mama wusste nicht, wo sie so viele Gläser herbekommen sollte.

»Ich hab's!«, sagte Kate, als sie aufwachte.

Während des Frühstücks sprach sie mit Herrn Nordstrom. »Kommt es vor, dass ihr Honig übrig habt?«

»Manchmal. In einem guten Jahr. Du siehst so aus, als hättest du eine Idee.«

Voller Aufregung nickte Kate. »Wenn ich bei den Bienen helfe –«

Anders unterbrach: »Du willst *Imker* werden?«

Kate nickte und bemerkte das Entsetzen in Anders' Gesicht. »Bienen stechen, wie du weißt.«

»Ich weiß«, antwortete Kate leise. »Hast du Angst vor ihnen?«

»Natürlich nicht!«, erwiderte Anders lauter als nötig.

Als sie von ihren Haferflocken aufsah, entdeckte sie ein Grinsen um Herrn Nordstroms Mund. Sie unterdrückte ihr eigenes Lächeln, als sie fragte: »Was denken Sie?«

»Lass uns zusammenarbeiten. Ich übernehme das Hochheben und zeige dir, was zu tun ist. Wenn wir eine gute Ernte bekommen – mehr als unsere Familie benötigt – kannst du die übrigen Gläser mit nach Grantsburg nehmen und dort auf dem Markt verkaufen.«

»Großartig!«, antwortete Kate. Zum ersten Mal wagte sie zu glauben, dass sie wirklich eine Orgel bekommen könnte.

Nach dem Frühstück bat Mama sie, die Milch fortzustellen. Mittlerweile wusste Kate, was zu tun war. Sie ging nach draußen, setzte den Milcheimer auf die hölzerne Plattform der Pumpe und öffnete die Falltür in der Plattform. Ihr Blick fiel auf die schweren Balken, die die Wände des Brunnens auskleideten.

In der Mitte des Brunnens führte ein Rohr hinauf in die Pumpe. Daneben hing ein Seil mit einem Haken. Kate legte sich auf den Bauch und griff nach dem Seil. Nachdem sie den Haken am Griff der Milchkanne befestigt hatte, ließ sie die Kanne hinunter. Unten neben dem Wasser blieb die Milch selbst im Sommer kühl.

Da tauchte Anders hinter ihr auf. »Wir müssen gehen«, sagte er. »Es ist Zeit für die Schule.«

Als Kate sich aufrichtete, verfing sich der Saum ihres Mantels an einem Holzspan. Da sie den Mantel nicht zerreißen wollte, beugte sie sich hinunter, um den Stoff loszumachen.

Anders lachte, dann sagte er mit der zitternden Stimme einer alten Frau: »In meinem Leben – meinem g-a-a-anzen Leben – habe ich noch nie ein Kind gesehen, das so oft in Schwierigkeiten gerät.«

»Hör auf!«, sagte Kate verlegen. Ungestüm riss sie an dem Wollfaden, der sich um den Span gewickelt hatte.

»Aber Kind, wie machst du das nur? Eine Schwierigkeit nach der anderen!«

Der Faden löste sich und Kate sprang auf. Wenig später war sie mit Anders und Lars auf dem Weg zur Schule.

Diesmal ging Kate auf Nummer sicher. Sie merkte sich jeden Schritt und jede Abzweigung. Anders schien an diesem Morgen verändert zu sein.

Vielleicht ist er zur Abwechslung mal nett. Kate traute sich kaum, es zu hoffen. Dennoch wagte sie einen Versuch. Als Lars außer Hörweite vorauslief, fragte sie: »Weißt du, was ich gestern gesehen habe?« Sie erzählte Anders von dem Mann, der ein

Loch gegraben hatte, um ein Kästchen im Wald zu verstecken.

Anders schaute sie verblüfft an. »Langes lockiges Haar, sagst du? Und lockiger Bart? Schwarz?«

Kate nickte.

»Mir fällt niemand aus der Gegend hier ein, der so aussieht.«

»Aber ich habe ihn gesehen. Bestimmt!«, antwortete Kate, in der Befürchtung, dass Anders ihr nicht glauben würde.

»Kannst du dich noch an etwas anderes erinnern?«

»Er hatte einen großen schwarzen Schnurrbart«, antwortete Kate. »Seine Augen konnte ich nicht so gut sehen, doch ich glaube, sie waren blau.« Sie überlegte kurz. »Nein, vielleicht grau.«

»Er trug alte Kleidung?«

Kate nickte. »Schwarz und schmutzig.«

»Hattest du keine Angst?«

Einen Moment lang dachte Kate daran, zu lügen und zu erklären: *Natürlich nicht!* – so wie Anders beim Frühstück. Doch sie wollte Freundschaft schließen. Sie beschloss, es zu riskieren, und nickte.

»Na, es ist gut zu wissen, dass du immer noch ein Mädchen bist.«

Kate hätte ihn beinahe verhauen, doch dann bemerkte sie das Lächeln in seinen Augen – und den Respekt.

»Wo befindet sich das Kästchen? Wo ist es vergraben?«, fragte Anders.

Als sie zu der Birkengruppe und der großen Eiche kamen, ging Lars immer noch voraus. Kate kniete sich hin, wischte die Blätter und das Gras beiseite, und zeigte Anders die Stelle. Anders stieß einen anerkennenden Pfiff aus.

»Siehst du die Stiefelabdrücke?«, fragte sie. »Sie sind kreuz und quer vom Stampfen, deshalb ist es schwer, etwas zu erkennen. Doch es gibt einen deutlichen Abdruck.«

Anders kniete sich nieder, um das Ganze näher zu betrachten.

»Etwas daran ist eigenartig«, meinte Kate. »Ist es ein Stiefel oder ein Schuh? Siehst du die Ferse? Die starke äußere Linie?«

»Du hast recht«, antwortete Anders. »Und schau dir die Spitze an. Es scheint, als wäre ein Eisenbeschlag oder so etwas daran.«

In der Ferne hörten sie das erste Läuten der Schulglocke. »Wir müssen gehen«, sagte Anders. »Ich hab schon genug Ärger mit der Lehrerin.«

Schnell schob er die Blätter und das Gras wieder an ihre Stelle zurück. »Lass uns das Kästchen nach der Schule ausgraben. Vielleicht ist es ein verborgener Schatz. Vielleicht gibt es eine Belohnung, und ich könnte ein Pferd kaufen.«

»Oder eine Orgel«, erwiderte Kate und hätte sich am liebsten sofort auf die Zunge gebissen.

»Eine *Orgel*? Wer will eine Orgel?«

»Ich!«, sagte Kate und bedauerte, dass sie ihr Geheimnis ausgeplaudert hatte.

»Auf einer Orgel kannst du aber nicht reiten!«

»Das will auch keiner, du Dummkopf! Ich will darauf spielen!«

Anders ging schneller. Kate beeilte sich, mit ihm Schritt zu halten, und fing seinen Blick auf. *»Du bist die Dumme!«*, schien er zu sagen. Und genauso fühlte Kate sich auch. *Hätte ich es ihm bloß nicht gesagt.*

In der Schule schaute Kate sich um und stellte fest, dass ihr einfaches Kleid, das sie heute anhatte, besser zu den Kleidern der anderen Mädchen passte. Ihre Erleichterung dauerte jedoch nicht lange. Kaum hatte sie sich hingesetzt, spürte sie ein leichtes Ziehen an ihrem Zopf.

Ruckartig drehte sie sich um und blickte Erik Lundgren, der hinter ihr saß, ins Gesicht. Abwehrend hob er die Hände und schaute sie unschuldig an.

»Hör auf!«, sagte Kate. Vor lauter Zorn sprach sie laut.

»Ich habe gar nichts gemacht!«, antwortete er ebenso laut.

»Hast du wohl! Du hast meinen Zopf in dein Tintenfass gesteckt.« Kate hatte recht. Sie zog ihren langen Zopf nach vorne und betrachtete die Haarspitzen. Sie wurden bereits steif, weil die Tinte trocknete.

Sie drehte den Kopf nach hinten, zog an ihrem Kleid und versuchte, auf ihre Schulter zu blicken. Natürlich, auf dem Kleid waren Tintenspritzer.

»Kate, was ist los?«, fragte Fräulein Sundquist.

Wenn ich es sage, werden die Jungen noch gemeiner sein. Kate senkte ihren Kopf.

Die Jungen kicherten, doch ein Blick von Anders genügte, und sie hörten auf. Kate war dankbar, als sich alle wieder mit ihren Aufgaben beschäftigten. Sie nahm ein schönes Stück Papier, um Anders eine Notiz zu schicken.

Drei Plätze von Kate entfernt fing Fräulein Sundquist die Nachricht ab. »Kate, das ist ein ernsthafter Verstoß. Du wirst die Mittagspause drinnen verbringen.«

Als es so weit war, aßen die anderen Kinder schnell ihre Mahlzeiten auf und eilten dann nach draußen. Zum ersten Mal in ihrem Leben war Kate froh, im Haus zu bleiben. *Wenigstens muss ich nicht eine weitere Stunde versuchen, Schwedisch zu verstehen!*

Dann hörte sie einen Ball auf das Dach prallen. »Oben drüber!«, rief jemand. Kate wusste: Die Kinder mussten Gruppen gebildet haben, die sich jeweils an den gegenüberliegenden Seiten des Schulgebäudes aufgestellt hatten.

»Oben drüber!«, kam der Ruf noch einmal. Kate war gut in dem Spiel und wünschte sich, mitmachen zu können. Sie stellte sich ans Fenster und sah gerade noch, wie Lars um das Schulhaus gerannt kam und Anders fing.

Das ist komisch. Anders ist schneller als Lars. Er hätte entkommen müssen.

Anders nahm Anlauf zu einem mächtigen Wurf.

Der Ball segelte durch die Luft. »Oben drüber«, rief er.

Kate lief schnell zu einem Fenster an der gegenüberliegenden Seite des Gebäudes. Dort wartete die Gruppe, doch kein Ball kam über das Dach. *Wo war er hingeflogen?* Sie hatte keine Zeit, das herauszufinden.

»Kate!«, rief Fräulein Sundquist von ihrem Tisch aus. Normalerweise ging sie mit den Kindern ins Freie. Heute blieb sie an ihrem Tisch. Sie hatte noch nicht zu Ende gegessen.

»Ja?«

»Wenn ich sage, du sollst drinnen bleiben, dann erwarte ich, dass du auf deinem Platz bleibst.«

Langsam ging Kate zurück und setzte sich hin. Sie nahm ihr Buch und tat, als würde sie lesen. Dann hörte sie, dass sich die Tür öffnete.

»Fräulein Sundquist?«, fragte Anders vom Eingang.

»Ja, Anders?«

»Der Ball ist in den Glockenturm geflogen. Darf ich hochklettern und ihn holen?«

Fräulein Sundquist seufzte. »Meinetwegen. Aber sei vorsichtig.«

»Ja, Fräulein Sundquist. Das werde ich.« Während Kate auf ihrem Platz saß, schrammte eine Leiter am Rand des Daches entlang. Durch ein Fenster sah sie Anders' Füße, die die Sprossen hochkletterten. Eine Minute später rollte der Ball vom Dach und landete vor einem Fenster. Anders kletterte die

Leiter hinunter, und Kate wandte sich wieder ihrem Buch zu.

Nicht lange danach entfernte sich das Spiel von der Schule. Kate wunderte sich über die Ruhe. Es schien, dass alle Kinder zum anderen Ende des Spielfeldes gegangen waren.

»Kate, würdest du bitte die Glocke läuten?«, bat Fräulein Sundquist.

Kate stand auf und war dankbar, dass sie sich bewegen durfte. Sie ging zum Schuleingang, ergriff das lange Glockenseil und zog daran.

Nichts geschah. Kate zog fester. Immer noch kein Ton. »Was ist los, Kate? Bist du nicht kräftig genug?«

»Doch, Fräulein Sundquist. Ich schaffe es schon.« Diesmal sprang Kate hoch in die Luft und hing sich mit ihrem ganzen Gewicht an das Seil.

Doch noch immer geschah nichts. *Mein Bruder! Das ist einer seiner Tricks.*

Fräulein Sundquist kam zum Eingang und versuchte es selbst. Kein Ton war zu hören. »Geh nach draußen und ruf die Kinder, Kate«, sagte sie.

Kate zog ihren Mantel über und ging hinaus. Sie hatte richtig vermutet. Die Kinder waren alle auf der anderen Seite des Spielfeldes.

Als sie dort ankam, sagte Kate: »Ihr sollt hereinkommen.« Ein kleines Mädchen sah sie an, drehte ihre Hände mit den Handflächen nach oben und zuckte mit den Schultern. Kate zeigte auf die Schule. »Fräulein Sundquist.«

Das kleine Mädchen zuckte wieder mit den Schultern. Kate versuchte es bei einem älteren Kind, konnte jedoch die schwedische Antwort nicht verstehen.

Noch einmal versuchte Kate, sich verständlich zu machen. Dann lachte ein älterer Junge, und Kate begriff. Alle taten nur so, als ob sie sie nicht verstehen würden.

Schnell wandte Kate sich ab, damit die anderen nicht sehen konnten, wie gekränkt sie war. Als sie herumwirbelte, stieß sie mit Anders zusammen.

Er war gerannt, das sah Kate. Sein Atem ging schwer. Als sie ihn erblickte, empfand sie nur noch Wut. Sie ballte ihre Fäuste und trommelte gegen seine Brust. »Ich hasse dich!«, brauste sie auf. »Ich hasse dich, hasse dich, hasse dich!«

Anders schlug nicht zurück. Er ergriff nur ihre Hände, damit sie aufhörte. »Geh rein«, flüsterte er in Englisch. »Ich erzähle dir alles nach der Schule.«

Als Anders sich an die Kinder wandte, sprach er Schwedisch, und sie gehorchten ihm. Langsam machten sie sich auf den Weg zum Schulgebäude.

Eine merkwürdige Entdeckung

Geht der Tag denn nie zu Ende? Kate konnte es kaum erwarten, mit Anders zu sprechen. Endlos zog sich der Nachmittag dahin.

Sobald Fräulein Sundquist sie entlassen hatte, überquerten Kate, Anders und Lars den Bach und eilten den Berg hinauf.

Anders stöberte umher, bis Lars ungeduldig wurde. »Ich bin früher zu Hause als ihr!«, rief er, und Kate war froh, als er vorauslief.

»Was war eigentlich los?«, fragte sie.

»Mit der Schulglocke?«, grinste Anders. »Also, es begann als Spiel. Ich warf den Ball in den Turm, damit ich einen Vorwand hatte, hinaufzuklettern. Dachte, es wäre Zeit, dass wir eine längere Mittagspause bekämen.«

Kate lachte. »Das hast du allerdings geschafft.«

»Jup. An der Glocke ist eine Rolle befestigt. Ich habe einfach das Seil aus der Rolle genommen.«

Dann wurde Anders ernst. »Es ist noch etwas anderes passiert.«

Obwohl sie allein im Wald zu sein schienen, senkte er seine Stimme. »Dreh dich mal um«, forderte er sie auf.

Sie befanden sich auf der steilen Bergkuppe hinter der Schule. Kate blickte zurück.

»Was siehst du?«, fragte Anders.

»Man hat eine gute Aussicht auf die Schule.«

»Stimmt. Und was meinst du, sieht man, wenn man oben auf dem Glockenturm ist?«

Kate überlegte einen Moment. »Man sieht diesen Berg?«

»Jup. Man hat eine *großartige* Aussicht auf diesen Berg«, antwortete Anders. »Und weißt du, wen ich oben auf diesem Berg gesehen habe?«

Kate hatte keine Ahnung.

»Deinen geheimnisvollen Fremden!«

»Wirklich? Woher weißt du das?«

»Alte, schmutzige Kleidung. Alter Hut. Lockiges schwarzes Haar und Bart. Großer Schnurrbart. Hört sich nach ihm an, nicht?«

Kate nickte und wurde ganz aufgeregt. »Hört sich genau nach ihm an.«

»Ich rannte den Berg hinauf, so schnell ich konnte«, sagte Anders. »Doch als ich hier ankam, war er verschwunden. Also lief ich den Weg entlang. Ich rannte den ganzen Weg, bis dorthin, wo er das Kästchen vergraben hat. Es war alles unverändert. Die Blätter und das Gras sahen so aus, wie wir sie hinterlassen haben.«

»Und der Mann?«

»Ich weiß es nicht. Vielleicht hat er mich kommen hören. Vielleicht ist er in den Wald zurückgetreten –« Anders beendete den Satz nicht.

Kate tat es für ihn. »Um sich zu verstecken. Vielleicht beobachtet er uns jetzt.« Ihr lief ein Schauer über den Rücken.

Anders schüttelte den Kopf. »Das glaube ich nicht. Er hat mich kommen hören. Vermutlich hat er gewartet, bis ich wieder fort war, und ist dann gegangen.«

»Und das Kästchen?«

»Lass uns nachsehen«, sagte Anders mit grimmigem Gesicht.

Es dauerte nicht lange, und Kate und Anders kamen zu der Birkengruppe und der großen Eiche. Ein aufgeworfener Erdhaufen und ein leeres Loch markierten die Stelle, an der sich das Kästchen befunden hatte.

»Es ist fort!«, stöhnte Kate. »Der Fremde hat es nicht einmal für nötig gehalten, das Loch zuzuwerfen!«

»Möglicherweise dachte er, die Leute würden meinen, ein Tier hätte das Loch gegraben. Sieht aus wie ein Dachsbau.« Anders nahm einen Stock und steckte ihn tief in die Erde. »Nichts mehr da.«

Kate ergriff seinen Ärmel. »Doch, da ist was.« Sie zeigte hinunter auf die weiche Erde. »Sieh nur!«

Anders sah, was sie meinte. »Du hast recht! Er hat einen Ast genommen und jeden Fußabdruck beseitigt!«

Kate fühlte sich beklommen. »Sieht ganz so aus, als habe er eine Menge zu verbergen. Wir sind lieber vorsichtig.«

Anders nickte und schaute nachdenklich drein.

Danach schleppte sich die Woche dahin. Am Samstagmorgen wachte Kate auf, als die Sonne über den Horizont lugte. Erleichtert fiel ihr ein, dass sie nicht zur Schule gehen musste.

Es war angenehm, unter der weichen Wolldecke zu liegen.

Sie streckte ihre Arme hoch über den Kopf und blickte zu Tina hinüber. Die Kleine schlief noch. Ihr kleines Gesicht wirkte sanft und schutzlos. Strohblondes Haar bedeckte das Kissen.

Sie waren immer noch nicht in der Lage, viel miteinander zu sprechen, obwohl Kate während der Woche mehr Schwedisch und Tina mehr Englisch gelernt hatte. Doch Kate war schon froh, ein Zimmer mit Tina zu teilen, nachdem sie sich so lange eine kleine Schwester gewünscht hatte. Auch Tina schien es zu gefallen.

Kate versuchte, sich vor der Sonne zu verstecken, und zog die Decke über den Kopf. Sie war beinahe wieder eingeschlafen, als sie ein Geräusch hörte, das wie Donner klang. Bumm! Bumm! Bumm!

Seltsam. Wie kann es donnern, wenn draußen die Sonne scheint?

Wieder donnerte es. Diesmal riss Kate ihre Augen auf. »Gewehrschüsse!«, schrie sie.

Kate warf die Decken zurück und sprang aus dem Bett. »Sarah hatte recht. Sie hat gesagt, dass Wisconsin eine Wildnis ist!«

Kate rannte zurück zum Bett und rüttelte Tina an der Schulter: »Wach auf! Es stimmt etwas nicht!«

Bumm! Bumm! Bumm!

Tina drehte sich um, und Kate rüttelte sie erneut. »Draußen wird gekämpft. Wir müssen uns verstecken!«

Bumm! Bumm! Der Lärm kam näher. »Tina, wie kannst du dabei schlafen?« Kate war verzweifelt.

Tina öffnete zuerst das eine, dann das andere Auge. Ganz langsam setzte sie sich auf und stieg aus dem Bett. Als hätte sie alle Zeit der Welt, schlich sie zum Fenster vor der großen Kiefer.

»Tina, hast du den Verstand verloren?« Kate war außer sich.

Tina gab ihr einen Wink. »Sieh mal!«, schien sie zu sagen. Sie schob das Fenster hoch, beugte sich vor und zeigte hinaus.

Durch eine Lücke zwischen den Zweigen erkannte Kate den Fuhrweg, der an der Küche, dem Getreidespeicher und dem Hühnerstall vorbeiführte. Durch den hinteren Teil des Hauses war die weitere Sicht versperrt, doch konnte Kate einen Teil der Weide hinter der Scheune sehen. An diesem Morgen grasten dort keine Kühe.

Wieder zeigte Tina in diese Richtung. Gerade da erschütterte eine weitere Explosion die Fenster. Bumm! Bumm! Zwei Baumstümpfe flogen hoch in die Luft.

Kate sank auf den Boden. *Werde ich mich je an diesen Ort gewöhnen?*, fragte sie sich und stützte ihren Kopf in die Hände. Sie hatte sich erschrocken – aber darüber hinaus fühlte sie sich jetzt auch dumm und absolut lächerlich. *Wenn Anders das herausbekommt!*

Da fiel ihr die Kleine ein. »Tina, du verrätst mich doch nicht, nicht wahr?« Tina stand mit ernstem Gesicht neben Kate und sah sie mit ihren blauen Augen fragend an. »Du darfst Anders und Lars nichts erzählen«, wiederholte Kate.

Dann fiel ihr ein, dass Tina kein Englisch verstand. Sie legte den Finger auf ihre Lippen und machte: »Schhhhht! Schhhhht!« Dabei zeigte sie auf sich und dann nach draußen.

Diesmal grinste Tina. Sie zeigte nach draußen, dann auf Kate und schüttelte den Kopf. Jetzt teilten sie ein Geheimnis.

Tina kniete sich auf den Boden neben Kate und drückte sie. Kate war erleichtert und schloss ihre neue Schwester in die Arme.

Während sie sich anzogen, hörte Kate weiteres Donnern, doch schien es weiter entfernt zu sein. Als sie sich nach unten begaben, saß der Rest der Familie am Frühstückstisch. Mama holte für die Mädchen Eier mit Schinken aus dem Warmhaltefach des Ofens.

Kate hatte viele Fragen. »Was machst du da draußen?«, fragte sie Herrn Nordstrom.

»Ich habe das Feld als Grasland benutzt«, erklärte er. »Jetzt bereite ich es zur Bepflanzung vor. Also bohre ich bei jedem Baumstumpf so tief es geht ein Loch in die Wurzel. Dann stecke ich so viele Dynamitstangen hinein, wie nötig sind.«

»Warum explodieren die Stümpfe nacheinander?«

»Ich entzünde in einem Stumpf die Zündschnur und gehe dann schnell weg, damit ich nicht zu dicht an der Explosion bin. Die fliegenden Teile können einen schnell verletzen. Wenn alles wieder ruhig auf der Erde liegt, gehe ich zum nächsten Baumstumpf.«

Nach dem Frühstück nahm Herr Nordstrom seine große Bibel vom Regal. Gemeinsam lasen und beteten sie, wie sie es die ganze Woche jeden Morgen getan hatten. Kate begann, die Bibelverse gern zu hören, doch wenn jemand sie gefragt hätte, würde sie es um nichts auf der Welt zugegeben haben.

Herr Nordstrom schob seinen Stuhl zurück. »Ich will nachsehen, ob alles Dynamit explodiert ist. Dann benötige ich Hilfe von euch allen, außer Mama, beim Aufsammeln.« Er lächelte ihr zu, und sie lächelte mit sanftem Blick zurück.

»Komm, Kate«, neckte Anders. »Ich zeige dir, wie man sich schmutzig macht.«

Kate erinnerte sich an den ersten Tag in der Schule und zog die Nase kraus. Doch bald stellte sie fest, dass Anders recht hatte. Auseinandergeborstene Baumstümpfe einzusammeln, war eine schmutzige Arbeit.

Jeder legte sich kräftig ins Zeug, um die Stümpfe an verschiedenen Stellen auf dem Feld zu Haufen aufzuschichten. Manchmal waren die Holzstücke zu groß für Kate. Anders und sein Vater nahmen sie dann auf oder ließen sie liegen, um sie nochmals auseinanderzusprengen.

Als die Sonne höher stieg, mischten sich bei Kate Rinnsale von Schweiß und Schmutz. Schließlich spürte sie jeden Muskel einzeln. Bald konnte sie nur noch an eines denken: ein erfrischendes Bad in dem großen Waschzuber.

Doch alle blieben bei der Arbeit, selbst Tina. Die Holzhaufen an den verschiedenen Stellen auf der Wiese wuchsen beständig höher. Während Kate arbeitete, näherte sie sich allmählich einer entfernten Ecke des Feldes, weit fort vom Haus und von der Scheune, nahe dem Fuhrweg. Von hier aus wand sich der Weg durch die Bäume zu der staubigen Straße, die nach Grantsburg führte.

Als die Sonne fast ihren höchsten Stand erreicht hatte, kam sie an einen Baumstumpf, der nicht so auseinandergerissen war wie die übrigen. Ein großes Stück war immer noch im Boden eingegraben. Kate beugte sich hinunter, um ein loses Stück aufzuheben, da bemerkte sie ein Funkeln. Es schien leuchtend rot zu sein.

Sie ließ sich auf die Knie fallen und begann, den sandigen Boden abzutasten. Dabei schob sie die Erde, die bei der Explosion hochgespritzt war, beiseite und legte etwas frei, das aussah wie rotes Glas. Als sie tiefer grub, fand sie noch mehr rotes Glas – eine Perle, dann noch eine. Augenblicke später zog sie eine Kette heraus.

»He, guckt mal!«, rief sie und hielt ihren Fund hoch. Die Glasperlen glitzerten im Sonnenlicht.

Tina war sofort bei ihr; ihre Augen leuchteten aus dem schmutzigen Gesicht.

Herr Nordstrom war verblüfft. »Seltsam«, sagte

er. »Was hat eine Kette unter einem Baumstumpf verloren?«

»Vielleicht war eine Höhlung da«, antwortete Anders, dessen Gesicht genauso schmutzig wie Tinas war. Sein blondes Haar sah grau aus. »Vielleicht ist noch mehr da.«

Lars war bereits auf seinen Knien. »Wo hast du sie gefunden?«

Kate zeigte es ihnen, und jeder begann, in der losen Erde um den Stumpf herumzugraben.

Lars war der Erste, der eine weitere Kette fand, dann fand Tina ebenfalls eine. Insgesamt gruben sie fünf Ketten aus – jede davon aus leuchtend farbigem Glas.

»Wo kommen die her?«, fragte Kate.

»Ich weiß es nicht.« Herr Nordstrom blickte nachdenklich. »Wir sind nicht weit entfernt von Kaufmann Carlson. Wenn er Rehbockfelle und Pelze von den Indianern kauft, tauscht er sie gegen Fallen, Lebensmittel und gegen ähnliche Dinge wie diese Ketten.«

»Doch was machen die Ketten *hier*?«, fragte Kate beunruhigt.

Lars' rotes Haar hing ihm ins Gesicht, und seine Augen blickten ernst. »Ich habe Indianer hier in der Nähe lagern sehen.«

»Wie dem auch sei: Du hast etwas entdeckt, Kate«, sagte Herr Nordstrom. »Die Indianer nehmen ihre Sachen immer mit, wenn sie weiterziehen.«

»Und warum sollten sie *Ketten* verstecken?«, fragte Anders. Er hängte die Perlenketten nacheinander über seine Handfläche und ließ sie hinunterbaumeln. Das Glas funkelte im Sonnenlicht.

»Oh!« Kate hielt den Atem an.

»Was ist los?«, fragte Lars.

Kate schloss schnell den Mund und versuchte, ihre Überraschung zu verbergen. »Oh, nichts.« Doch in ihrem Hinterkopf nagte ein Gedanke. Sie musste sich unbedingt daran erinnern.

Herr Nordstrom blickte erneut nachdenklich. »Lasst uns aufhören und zum Essen gehen. Wir zeigen die Perlen Mama und sehen zu, ob wir den Besitzer finden können.«

Während sie das Feld überquerten, blieb Kate zurück und versuchte herauszufinden, was sie beunruhigte.

Anders blieb ebenfalls zurück. »Was ist?«, fragte er mit leiser Stimme, sodass Tina es nicht hören konnte.

»Wenn es mir nur einfallen würde.« Eine Zeit lang dachte sie angestrengt nach. »Es hat etwas mit dem Sonnenlicht zu tun. Als du die Perlen hochgehalten hast …« Kate verstummte. Sie ging schweigend weiter und zermarterte sich das Gehirn. »Was hat es nur mit dem Sonnenlicht auf sich?«

Nahe beim Farmhaus machte es *klick*! »Erinnerst du dich an vorige Woche?«, fragte sie. »An letzten Samstag, an meinen ersten Tag hier?«

Anders grinste. Selbst durch den Schmutz in seinem Gesicht lachten seine blauen Augen. »Wie könnte ich es nur vergessen!? Der Bulle hat dich gejagt.«

Diesmal brauste Kate nicht auf: »Und ich bekam solche Angst, dass ich vergaß, warum ich über die Wiese gelaufen bin und warum ich den Bullen nicht gesehen habe.«

Anders' Grinsen verschwand, und sein Blick wurde ernst.

Kate redete weiter. »Als ich aus dem Stall kam, sah ich hinüber zu den Bäumen auf der anderen Seite der Wiese. Ich dachte, ich hätte etwas gesehen, das sich bewegte. Dann glaubte ich, ich hätte mich geirrt. Als ich nochmals hinsah, entdeckte ich genau vor mir einen guten Kletterbaum. In der Höhlung, in der ein Ast vom Stamm abzweigte, glitzerte etwas.«

»Wie die Ketten?«

Kate nickte mit weit geöffneten Augen. »Und noch etwas war da. Etwas Schwarzes. Es war so groß wie ein aufrecht stehender Mann. Ich dachte, es wäre ein Bär, aber … Was meinst du?«

Der große Sturm

Ein Bär?«, fragte Anders. »Das bezweifle ich. Aber vielleicht –« Er ließ den Gedanken unbeendet und schwieg. Obwohl Kate es versuchte, konnte sie ihn nicht dazu bewegen zu sagen, was er dachte.

Sofort nach dem Mittagessen liefen Kate und Anders zu dem Baum auf der anderen Seite der Weide. Anders zog sich an den niedrigen Ästen zu der Höhlung hoch, an die Kate sich erinnert hatte.

»Sie ist leer!«, rief Anders, der genauso enttäuscht war wie Kate.

Von diesem Zeitpunkt an hielten beide ihre Augen für alles offen, was ihnen ungewöhnlich erschien. Wo sie auch hingingen, hielten sie Ausschau nach dem Fremden. Aber ein Tag folgte dem anderen, ohne dass sie ihn noch einmal zu Gesicht bekommen hätten. Herr Nordstrom legte die Glasperlen in eine Schachtel und erkundigte sich überall, um den Besitzer ausfindig zu machen.

Den stürmischen Märztagen folgten die Aprilschauer und schließlich die Maiblumen. Kate lernte einige Mädchen in der Schule besser kennen; so auch Josie Swenson.

Allmählich glaubte Kate, dass Josie eine richtige Freundin werden könnte – eine besondere Freundin wie Sarah Livingston.

Anders' Schwein nahm zu, und die Bienen entwickelten sich prächtig. Herr Nordstrom kontrollierte häufig die Bienenstöcke, und Kate half ihm dabei. Anfang Mai, als der Ahorn zu knospen begann, hatte sie gelernt, Rauch auf den Eingang und den Deckel zu blasen, um dann den Bienenstock ruhig öffnen zu können.

Während die Bienen heraufschwirrten und ihr Summen zu einem Brausen wurde, stand Herr Nordstrom dicht dabei, um zu beobachten, ob sie zurechtkommen würde. Kate musste ihren ganzen Mut zusammennehmen, um still zu stehen.

Die Bienen schwärmten um sie herum und krabbelten ihren Overall hinauf und hinunter. *Ich bin kein Angsthase!*, sagte sie sich und dachte daran, wie Anders sie geärgert hatte. *Ich bin kein Angsthase!*

Noch schlimmer war es, als die Bienen sich auf ihren Armen und Schultern niederließen. Kate versuchte, ihre Angst beiseitezuschieben, nahm einen tiefen Atemzug und ließ die Luft dann langsam heraus. *Ich werde es Anders zeigen!*, dachte sie, wie schon viele Male zuvor. Sie drückte den Blasebalg des Smokers und richtete eine Rauchwolke auf ihre Arme und Beine.

»Das machst du gut!«, sagte Herr Nordstrom und unterbrach ihre Gedanken. »Siehst du den Pollen, den die Bienen hineinbringen?«

Kate beobachtete, wie sich die Bienen auf dem Brett vor dem Eingang des Bienenstocks niederließen. Jede von ihnen trug Klumpen von Pollen

– winzige kleine Goldkörner – in Körben, wie Herr Nordstrom sie nannte, die an ihren Hinterbeinen hingen.

»Andere Arbeitsbienen bringen Pollen in die Honigwabe«, erklärte er. »Hier, ich zeige es dir.«

Er erklärte Kate, was sie tun sollte, und sie hob einen Rahmen aus der Mitte des Bienenstocks.

»Siehst du, wie die Bienen den Pollen verstauen?«, fragte er. »Schau mal! Hier ist die Königin!«

Eine Biene mit einem längeren, größeren Körper als die anderen lief über den Rahmen. Sofort wandten sich Arbeitsbienen in ihre Richtung und sammelten sich um sie.

»Sie schützen die Königin«, sagte Herr Nordstrom. »Würde sie sterben, wenn keine Eier im Bienenstock sind, würden die anderen Bienen nach und nach auch sterben.«

Kate schob den Rahmen zurück, und Herr Nordstrom zeigte ihr, wie sie den Bienenstock schließen musste. »Wenn die Bienen so weitermachen, werden wir ein gutes Jahr haben.«

»Mit Honigüberschuss?«, fragte sie.

Ein leichtes Lächeln glitt über Herrn Nordstroms wettergebräuntes Gesicht. »Jo, natürlich. Wenn nichts dazwischenkommt. Willst du immer noch eine Orgel kaufen?«

Kates Herz hüpfte vor Freude, dass er es nicht vergessen hatte. »Ja, ich will eine Orgel kaufen!«, erklärte sie und dachte an alle Lieder, die sie gern spielen wollte. »Wird das Geld ausreichen?«

Herr Nordstrom schüttelte den Kopf. »Aber es wird ein Anfang sein. Alles Geld, das du verdienst, kannst du in eine Dose tun und immer mehr sparen, wenn du kannst.«

Auf dem Weg zum Haus nahm Kate den Strohhut und den dünnen Vorhang ab, den sie als Schleier verwendete. »Vielleicht fallen mir noch andere Möglichkeiten ein, Geld zu verdienen«, sagte sie und schob das Haar zur Seite, das ihr ins Gesicht fiel. Die Möglichkeit, eine Orgel zu bekommen, schien näher zu rücken.

In den folgenden Wochen sprachen Kate und Anders oft über den geheimnisvollen Fremden. »Warum sehen wir ihn nur hin und wieder?«, fragte Anders eines Morgens in der ersten Juniwoche. »Warum verschwindet er immer wieder?«

Kate wusste keine Antwort. Sie waren draußen in dem kleinen Haus, das man Sommerküche nannte. An einer Wand befand sich der Herd, den die Familie bei heißem Wetter benutzte. An der anderen Wand stand ein großer Schrank, in dem Schüsseln und Pfannen aufbewahrt wurden. Ein niedriger Schrank war mit einem Metallspülstein und einem Becken zum Abwaschen des Geschirrs versehen. Anders saß auf einer Bank an der Wand und stützte sich auf den Tisch.

Normalerweise war Kate gerne hier. Heute kam jedoch nicht einmal die leiseste Brise durch die geöffneten Fenster. Der Herd war noch heiß vom Frühstück, und Kate nutzte die heiße Herdplatte aus, um

Wäsche zu bügeln. Wurde ein Bügeleisen kalt, setzte sie es auf den Herd und nahm den Griff ab, um ihn an einem anderen Eisen zu befestigen, das bereits heiß war. Sie leckte ihren Finger und berührte den Boden des Eisens. Als es zischte, wusste sie, dass es heiß genug war.

Bevor sie es auf Tinas Sonntagskleid setzte, prüfte sie die Hitze, indem sie es über ein Stück weißen Stoff gleiten ließ.

Anders wollte über den Fremden sprechen. »Warum kennt ihn hier in der Gegend niemand?«, fragte er und legte seine sonnenverbrannte Stirn in Falten.

»Den Fremden? Niemand kennt ihn?«

»Ich habe Papa gefragt«, sagte Anders. »Er hat noch nie jemanden gesehen, der so aussieht, wie ich es ihm beschrieben habe.«

»Überhaupt niemanden?«

»Nein, und Papa kennt *jeden*. Er hat mir geraten, vorsichtig zu sein: mich von Fremden fernzuhalten und es ihm zu sagen, wenn ich den Mann wiedersehen würde.«

»Hast du ihm gesagt, warum du wissen wolltest, ob er ihn kennt?«

Anders nickte und schaute sie fragend an. »Kannst du dich noch an irgendetwas anderes erinnern?«

Kate schüttelte den Kopf. Der Schweiß tropfte ihr von der Stirn in die Augen. Während sie überlegte, bügelte sie Tinas Kleid fertig.

Jetzt in der Junihitze schien der Tag im März – ihr

erster Tag in der Schule am Spirit Lake – weit entfernt zu sein. Als Kate sich ins Gedächtnis zurückrief, wie sie sich im Wald verirrt hatte, spürte sie einen Anflug von Furcht. Immer wieder kam die Erinnerung an ihre Panik zurück. Jedes Mal schob sie die Erinnerung fort und versuchte, nicht daran zu denken. In derselben Weise schob sie den Gedanken an ihr Versprechen beiseite, das sie Gott gegeben hatte.

Als Kate daran dachte, wie sie auf dem großen Felsen gestanden und den geheimnisvollen Fremden beobachtet hatte, fiel ihr plötzlich etwas ein. »Er hatte einen komischen Gang!«, rief sie aus und setzte das Bügeleisen ab, um darüber nachzudenken.

»Komisch?«

»Ja, als würde sein Gang nicht zu seinen Kleidern passen.«

Anders lachte sie aus. »Ach, Kate!«

Kate verteidigte sich. »Ich meine es so!«

»Sein Gang passte nicht zu seinen Kleidern?« Anders' blaue Augen glänzten, als würde er jeden Moment wieder lachen. »Noch mehr solcher umwerfenden Anhaltspunkte?«

Kate erwiderte kratzbürstig: »Vielleicht. Vielleicht auch nicht!«

»He, hör auf! Sei nicht so dickköpfig.«

»Dickköpfig?« Kate war es zu heiß, und sie war müde, obwohl es erst zehn Uhr morgens war. »Dickköpfig wie dein dickes, fettes Schwein?«

»Nein«, sagte Anders gedehnt. »Deine Augen sind hübscher!«

Kate drehte sich schnell um. Sie spürte, wie sie rot wurde.

»Komm, Kate. Sei nicht albern. Erinnerst du dich nicht an irgendetwas anderes?«

Kate wechselte das Bügeleisen. »Wenn ja, würde ich es dir nicht sagen.«

Anders ließ die Schultern sinken. Er schob die Bank zurück und stand auf. »Na gut!«

Kate fühlte sich genauso entmutigt wie er. Sie und Anders kümmerten sich um die Farm. Früh am Morgen waren Mama und Herr Nordstrom wegen eines neuen Pflugs nach Grantsburg gefahren, der mit dem Blueberry Special ankommen sollte. Es war ein großer Tag, wenn jemand in die Stadt fuhr, und Mamas Augen leuchteten vor Aufregung.

»Passt auf Lars und Tina auf«, ermahnte sie Kate. »Gebt gut auf sie acht.«

Im Augenblick konnte Kate an nichts anderes als an die Hitze denken. »Puh!«, sagte sie, als Anders gegen die Gittertür schlug, um die Fliegen draußen fortzujagen.

»Du sagst es«, erwiderte er. »Es ist heiß!«

Während der Morgen voranschritt, nahm die Schwüle beständig zu. Kate hörte auf zu bügeln. Als sie sich vom Herd entfernte, war es ihr, als würde die Hitze in Wellen vom Boden aufsteigen.

Das Wetter machte sogar Tina zu schaffen. Gewöhnlich gut gelaunt, war die Vierjährige jetzt unruhig und ungemütlich. Schließlich fand Kate einen Katalog. »Wenn du versprichst, vorsichtig zu sein, kannst du ihn dir ansehen.«

Gegen Mittag war die Luft zu schwer zum Atmen. Am Nachmittag zogen Wolken am Horizont auf.

Entferntes Donnergrollen kam näher, und Kate ging zu Anders in die Scheune. »Anders? Was macht ihr, wenn es einen richtig schlimmen Sturm gibt?«

Diesmal bezeichnete Anders sie nicht als Angsthasen. Stattdessen ging er hinaus und sah sich den Himmel an. Am südwestlichen Himmel erschütterten Blitze die schwarze Wolkenwand. Donner grollten. Um Kate und Anders her war es völlig ruhig und windstill; kein Blatt bewegte sich.

Sie konnten beobachten, wie die Wolken sich auftürmten. »Wo sind Tina und Lars?«, fragte er.

»Im Haus, sie sehen sich das Wunschbuch an.«

»Lass uns jetzt noch nichts sagen«, antwortete er. »Es hat keinen Zweck, sie zu beunruhigen. Doch ich werde die Kühe hereinholen.«

Er stieß einen Pfiff aus, und Lutfisk stürmte um die Ecke der Scheune. Anders hob seinen rechten Arm und zeigte in Richtung der Weide. »Geh, hol sie!«, befahl er, und Lutfisk sprang los.

»Die Kühe wissen bestimmt, dass es zu früh ist, und werden nicht kommen wollen. Ich gehe besser und helfe ihm.«

Als er hinter Lutfisk hergehen wollte, hielt Kate Anders zurück. »Wo gehen wir hin, wenn es wirklich schlimm wird?«, fragte sie nochmals.

»In den Rübenkeller, hat Papa einmal gesagt. Doch hab keine Angst. Wir mussten ihn noch nie aufsuchen. Hab nur ein Auge auf Tina und Lars.«

Kate kehrte ins Haus zurück, schaute jedoch weiter aus dem Fenster. Schließlich ging sie wieder nach draußen. Als sie sich am Rand des steilen Hügels befand, hatte sie einen guten Blick auf den Rice Lake. Der Himmel sah grimmig aus. Eine große fächerförmige Wolke bildete sich im Südwesten.

Das Grollen des Donners kam von Mal zu Mal näher. Gleichzeitig wuchs die Anspannung. In der Ferne zuckten rosa Blitze in den schwarzen Wolken.

Sie wünschte, Anders käme zurück.

Dann dachte sie an Mama und Herrn Nordstrom. *Wo sind sie? Noch in Grantsburg? Oder auf dem Weg nach Hause?* Ihr fielen sämtliche Geschichten ein, die sie von Wagen und Einspännern gehört hatte, die vom Blitz getroffen worden waren.

Kate versuchte, diese Gedanken fortzuschieben, und eilte zurück ins Haus. Doch ihre Besorgnis wollte nicht verschwinden. *Was war, wenn das Unwetter sie auf offener Strecke erwischte? Was war, wenn sie nirgendwo Schutz finden würden?*

Bis jetzt hatte sie sich immer um Mama gesorgt. Oft hatte sie gedacht: *Was würde ich ohne sie machen?* Es war eigenartig, dass nun noch jemand da war, um den sie Angst hatte. Kate war überrascht, als sie bemerkte, dass sie sich Sorgen um Herrn Nordstrom machte.

Das nächste Mal, als Kate nach draußen ging, um sich den Himmel anzusehen, folgte ihr Tina. Wieder hatte sich der Himmel verändert. Die Wolken waren jetzt nicht mehr schwarz, sondern grün. Sie schienen wie Wasser im Kessel zu kochen. Die Luft war still und schwer.

»Tina, geh in den Rübenkeller«, befahl Kate und rannte auch schon zum Haus. »Lars! Komm her!«

Der Rübenkeller war ein kleiner Raum, der zwischen der Sommerküche und der Holzscheune in die Seite des Hügels gegraben war. Lars überholte Tina, rannte vor und stieß die Tür auf. Drinnen war ein kurzer Gang, dann eine zweite Tür, die in einen dunklen, höhlenartigen Raum führte. Entlang dreier Wände verliefen Regale zur Aufbewahrung von Lebensmitteln. Jetzt, vor der Ernte, waren die Regale fast leer.

Auf dem schmutzigen Boden warteten Körbe auf die neue Kartoffelernte. Schnell stapelte Kate die Körbe aufeinander, um Platz zum Sitzen zu schaffen. Tina und Lars ließen sich auf den Boden fallen, während Kate wieder hinauseilte.

Mamas Bild! Sie lief ins Haus, nahm es schnell an sich und rannte zurück zum Rübenkeller. Vorsichtig stellte sie das Bild auf ein oberes Regalbrett. Sobald sie wieder zu Atem gekommen war, eilte sie erneut hinaus.

»Wo bleibt Anders?«, fragte sie besorgt.

Lars folgte ihr. »Soll ich nach ihm suchen?«

»Du bleibst besser hier«, sagte Kate. »Er holt die Kühe. Ich bin sicher, er kommt gleich.«

Die Blitze schienen jetzt näher, die Wolken grüner

zu sein. Da hörte Kate Lutfisk bellen. »Anders muss auf der anderen Seite des Stalles sein.«

Es schien eine Ewigkeit zu dauern, bis er hinter dem Stallgebäude hervorkam. Ein plötzlicher Windstoß erfasste die Stalltür und schlug sie so heftig zurück, dass sie gegen das Gebäude krachte. Anders packte sie, schlug sie zu und schob den Balken vor, der die Tür verriegelte.

Die Bäume beugten sich jetzt tief im Wind. In der Nähe brach ein Ast ab und segelte durch die Luft. »Wir sind hier!«, schrie Kate, doch der Wind trug die Worte davon.

Anders wollte ins Haus gehen, und Kate rief noch einmal, so laut sie konnte: »Hierher!«

Diesmal hörte es Anders und änderte seine Richtung. Tief gebeugt kämpfte er gegen den Wind an, Lutfisk folgte ihm auf den Fersen.

Lars ging zurück in den Keller, und Kate folgte ihm. Gerade als Anders die äußere Tür erreichte, erschütterte ein mächtiger, dumpfer Schlag die Erde. Anders taumelte in den Durchgang.

»Nimm den Hund!« Anders schob Lutfisk hinein und ergriff die äußere Tür. Der Wind schlug sie zurück, doch mit einem mächtigen Ruck gelang es Anders, erst diese Tür und dann auch die innere Tür zu schließen. Immer noch vom Laufen außer Atem, ließ er sich auf den Boden sinken.

»Was war das?«, fragte Kate.

»Das Krachen? Wahrscheinlich ein Baum!«, antwortete er. In der Dunkelheit fing Tina an zu weinen.

Der Schlechtwetter-Freund

Ich will zu Mama«, jammerte Tina in der Dunkelheit des Kellers. Mittlerweile sprach Kate so viel Schwedisch, dass sie sie verstehen konnte.

»Ich auch«, antwortete sie. In der Dunkelheit fühlte sie Tinas Hand, die sich nach ihr ausstreckte. Kate zog die Kleine auf ihren Schoß und drückte sie an sich.

»Ich wollte, Papa wäre hier«, sagte Lars leise und ängstlich.

»Ich wollte, *beide* wären hier«, stimmte Anders ein. Immer war Anders in seinem Handeln sehr selbstsicher; er schien niemanden zu benötigen. Doch jetzt war es anders.

Ich auch. Kate fürchtete sich, es laut auszusprechen. Sie fragte sich, ob Mama und Papa in Sicherheit waren. Hatten sie irgendwo Schutz gefunden? Mehr als alles andere wünschte sich Kate, sie wären alle zusammen. So sehr sie dieser Gedanke erstaunte, bemerkte sie noch etwas. Bis jetzt hatte sie für sich allein versucht, Herrn Nordstrom *Papa* zu nennen. Doch nie zuvor hatte sie ihn in ihren Gedanken *Papa* genannt.

Wann hatten Anders, Lars und Tina begonnen, Mama mit ›Mama‹ anzureden? Irgendwann, im Lauf der Zeit, war es einfach geschehen. *War es das, was Mama meinte, als sie gesagt hatte: »Wenn Herr Nord-*

strom und ich einander helfen, werden wir lernen, uns zu lieben«?

Eine Bewegung im Dunkeln erschreckte Kate. »Was ist das?«

»Ich bin's«, sagte Anders. »Hier müssten irgendwo ein paar Kerzen sein.« Eine Zeit lang suchte er tastend bei den Regalen herum. Schließlich musste er aufgeben.

Plötzlich erschütterte ein weiterer Schlag die Erde. »Das war ganz in der Nähe«, sagte Anders. »Das muss die große Eiche hinter dem Haus gewesen sein.«

Der Wind pfiff durch einen Spalt in der äußeren Tür. Als der Regen dagegenschlug, packte Kate erneut die Angst. »Was glaubst du, wo sie sind?«

»Mama und Papa? Sie haben irgendwo Unterschlupf gefunden.« Doch Anders' Stimme fehlte die gewohnte Sicherheit. »Papa kennt sich gut mit dem Wetter aus«, fuhr er fort, als ob er sich selbst überzeugen wollte, dass ihnen nichts zugestoßen war. »Er ist Farmer und weiß in diesen Dingen Bescheid.«

Während sie warteten, schien die Dunkelheit Kate einzuhüllen. Ihre Ängstlichkeit verwandelte sich allmählich in Panik. Da erinnerte sie sich an einen anderen Tag vor drei Monaten – an den Tag, an dem sie sich im Wald verirrt hatte.

Sie hatte zu Gott gerufen und ihm ein Versprechen gegeben. »Wenn du mir hilfst, werde ich glauben, dass du für mich sorgen kannst. Ich will sogar glauben, dass du Gutes tust!«

Kate war beschämt. *Von der Minute an, als ich in Sicherheit war, habe ich dich vergessen, Gott. Ich dachte, ich hätte es selbst geschafft.*

Eine Zeit lang war es, abgesehen vom Schnaufen des Hundes, ruhig im Keller. Kate hielt einen Arm weiter um Tina gelegt und streckte ihre andere Hand aus. Als sie das Fell des Hundes spürte, schob sie ihre Hand weiter nach vorne und kraulte ihn hinter den Ohren. Kate war überrascht, dass Lutfisk seinen Kopf nach hinten drehte und ihre Hand leckte. Lutfisk gehörte doch Anders!

Die Minuten zogen sich dahin. *Ich bin dein Schlechtwetter-Freund, Gott. Wenn ich Angst habe, bitte ich dich um Hilfe. Wenn es mir dann gut geht, vergesse ich dich. Wie hätte ich mich gefühlt, wenn Sarah nur dann meine Freundin gewesen wäre, wenn sie Hilfe benötigte?*

Tina bewegte sich in ihren Armen, und Kate fragte sich, ob Tina die Dunkelheit genauso viel ausmachte wie der Sturm. Als die Kleine einen langen angstvollen Atemzug tat, begann Kate, leise und sanft zu summen. Vor langer Zeit hatte Vati jedes Mal gesungen, wenn sie Angst hatte. Jetzt summte Kate ein Schlaflied, das sie von ihm gelernt hatte.

Dann hatte sie einen schrecklichen Gedanken. *Was ist, wenn Anders darüber lacht?* Mitten im Lied verstummte sie.

Doch kurz darauf begann Tina zu singen. Mit einer klaren hohen Stimme sang sie Worte, die Kate nicht verstand.

»Was singt sie?«, fragte Kate leise.

Aus der Dunkelheit antwortete Lars genauso leise: »Ein schwedisches Lied: ›Kinder des himmlischen Vaters‹.«

Anders blieb still, während Tina weitersang. Seltsamerweise fühlte Kate sich besser, auch wenn sie die Worte nicht verstand. Sie spürte eine Veränderung in dem muffigen Keller.

Dann, so plötzlich, wie er begonnen hatte, hörte der Regen auf, gegen die äußere Tür zu trommeln. In der Dunkelheit bemerkte Kate, dass Anders zum Eingang kroch. »Er ist weitergezogen. Der Sturm ist vorüber.«

Nacheinander verließen sie den Unterschlupf – Lars, Tina, dann Kate. Draußen sah Kate sich um und war schockiert.

In kurzer Entfernung vom Rübenkeller lag eine riesige Eiche auf dem Boden; dort, wo sich ihre Wurzeln befanden, hatte sie ein klaffendes Loch hinterlassen. Der lange Stamm erstreckte sich über den Hof, die ausgebreiteten Äste hatten knapp das Haus verfehlt.

Anders ging hinüber und stellte sich neben den Baum. Trotz seiner Größe überragten ihn die hoch stehenden Wurzeln. Langsam drehte er sich um, sah zum Haus, zu Stall und Scheune, zum Kornspeicher und zur Sommerküche. Hier und da waren Dachschindeln heruntergeweht worden, doch alle Gebäude standen.

Wie im Traum ging Anders zur Vorderfront des Wohnhauses. Die anderen folgten. Dort fanden sie drei weitere entwurzelte Bäume, deren Zweige sich ebenfalls weit über das Gras erstreckten. Sie waren alle so gefallen, dass das Haus nicht getroffen worden war.

Zum ersten Mal, seit Kate ihn kannte, sah Anders sichtlich erschüttert aus. Als sie ihn betrachtete, kam das ängstliche Gefühl zurück und gleichzeitig etwas Nagendes in der Magengegend. Kate war froh, sich festhalten zu können, als Tina ihre Hand nahm.

Einen langen Augenblick standen die Kinder dort. Überall lagen, vom Wind herumgewirbelt, große und kleine Zweige. Blätter waren ringsumher verstreut.

Kate blickte am Haus vorbei zu den Wäldern. Selbst aus dieser Entfernung konnte man den Weg sehen, den der Sturm durch die Bäume genommen hatte. »Ich kann es kaum glauben! Wie konnte das Haus das alles überstehen?«

»Nicht einmal die Fenster sind zerbrochen!«, sagte Anders, der zum ersten Mal sprach, seit sie den Keller verlassen hatten.

Dann sah Kate die Bienenstöcke. Da sie am Rand des Hügels standen, hatten sie die volle Wucht des Sturms abbekommen. Umgekippt lagen die Bienenstöcke auf der Seite.

»Unser Honig!«, rief Kate aus und rannte vorwärts.

Als sie näher kam, schwärmten die Bienen ärgerlich summend hoch. Schnell trat sie zurück.

Normalerweise hielten die Bienenstöcke die Rahmen auseinander und gaben den Bienen Raum, sich dazwischen zu bewegen. Jetzt lagen die Rahmen verstreut auf dem Boden, zerdrückten die Bienen und hielten sie fest.

»Alle Arbeit umsonst!«, stöhnte Kate, die sich ganz elend fühlte.

»Was meinst du?«, fragte Anders, der ihr gefolgt war und sich neben sie stellte.

»Eine Königin bleibt normalerweise in der Mitte des Bienenstocks. Die Rahmen sind so zusammengequetscht, dass die Königin in jedem Stock vielleicht tot ist. Kein Wunder, dass die Bienen wild sind!«

»Sie sind wirklich wild. Schau sie dir an!« Anders wich zurück.

Gerade da berührten Regentropfenspritzer Kates Gesicht. Sie sah zum Himmel. »Ich muss sie zurück in den Stock bringen.«

»Zurück? Alle zurück?«

»Siehst du diese Wolke? Es wird wieder zu regnen beginnen. Bald ist es dunkel.«

»Kate, diese Bienen sind *wild*.«

»Wärst du das nicht auch, wenn dein Haus zerstört worden wäre?«

»Du willst sie wieder aufstellen? Du bist verrückt!«

Kate hob entschlossen ihr Kinn. »Und du, Anders Nordstrom, wirst mir helfen.«

»Du bist verrückt! Ich gehe nicht in die Nähe dieser Bienen!«

»Wenn wir es nicht schaffen, die Bienenstöcke wieder aufzustellen, verlieren wir vielleicht die gesamte Honigernte.«

»So? Dann mach es selbst.«

»Das kann ich nicht. Sie sind zu schwer.«

Anders wollte fortgehen. Kate schrie ihm hinterher: »Anders, es ist Anfang Juni! Die wichtigste Zeit des Jahres!«

»Wofür?«, rief Anders herausfordernd zurück.

»Um das Bienenvolk aufzubauen –, damit es viele Bienen gibt, die Honig machen.«

»So?«, fragte er nochmals.

»Also wirst du das ganze Jahr keinen Honig auf deinem Brot haben. Mama wird keinen Honig zum Backen haben. Und wenn wir keinen Honig zum Verkaufen haben, bekomme ich nie eine Orgel!« Kates Stimme endete in einem Jammern.

Anders seufzte, doch er kam zurück. »O.k., o.k. Was soll ich machen?«

»Nimm den Hut und den Schleier von deinem Papa.«

Schnell zog Kate den alten Overall an, dann banden sie sich Stricke um ihre Knöchel. Als Kate die Handschuhe anzog und den Vorhang um ihren Strohhut befestigte, lachte Anders über ihr Aussehen.

Doch er lachte nicht lange. Sobald Kate den Smoker bereit hatte, gingen sie ruhig auf den ersten Bienenstock zu. Die Bienen flogen hoch um Kate herum, und sie blies Rauch auf sie. Nachdem sie sich ein wenig beruhigten, nahm sie das untere Brett und legte es auf die Balkenplattform, die den Bienenstock über dem Boden hielt. Dann sagte sie zu Anders: »Also gut, hilf mir, ihn aufzuheben.«

Während Anders die Hauptlast trug, setzten sie den Körper eines Bienenstocks auf das untere Brett. Kate schaffte Raum zwischen den Rahmen. Dann stellten sie einen zweiten und einen dritten Kasten auf den ersten. So schnell sie konnte, tat Kate den Deckel darauf und ging zum nächsten Bienenstock.

Einmal blickte sie zu Anders. Sein ganzer Körper wirkte so starr, als erwarte er tausend Stiche. Die Angst stand ihm ins Gesicht geschrieben. Doch anstatt fortzurennen, blieb er da.

Zusammen brachten sie den zweiten Bienenstock in Ordnung. Als Kate zum dritten ging, sah sie etwas Glänzendes zwischen den Leisten der Plattform. Sie kniete sich hin, betrachtete es aus der Nähe, griff hinein und zog etwas heraus.

»Kate, beeil dich!«

»Nur einen Moment!« Ein quadratisches Stück Kupfer lag in Kates Handschuh. Als sie es umdrehte, setzten sich mehrere Bienen auf ihren Arm. Ein Stich drang durch ihren Ärmel, und Kate sprang auf.

»Los komm, Kate, lass uns machen, dass wir hier wegkommen!«

Kate stopfte das Kupferstück in eine Tasche ihres Overalls und nahm den Smoker. Als sie den Blasebalg drückte, türmten sich die Rauchwolken über Bienen und Rahmen, die noch immer am Boden lagen. Doch die zornigen Bienen ließen sie nicht in Ruhe. Diesmal ging ein Stich in ihre Schulter.

Kate verzog das Gesicht und versuchte, ihre Panik zu bändigen. Alles, was sie wollte, war, von hier fortzukommen. So schnell sie konnten, bauten sie und Anders den dritten Bienenstock zusammen.

»Wir haben es geschafft!«, jubelte sie auf dem Weg zum Haus. Sobald wie möglich strich sie Matsch auf ihre Stiche.

Mit schnellen Schritten, ohne jedoch zu rennen, beeilte sich Anders, von den Bienen wegzukommen. In einem sicheren Abstand blieb er stehen und zog den Schleier herunter. »Was hast du da hinten gefunden?«

Kate zog den Vorhang von ihrem Hut und nahm das Kupferstück aus der Tasche. Als Anders es herumdrehte, stieß er einen langen, bewundernden Pfiff aus. »Kate, sieh dir das an!«

Ein Donner grollte, und Kate wusste, es würde wieder anfangen zu regnen. Anders schien das nicht zu interessieren. Im Dämmerlicht des Abends drehte er das Kupferstück, das ungefähr zehn Zentimeter breit und fünfundsechzig Millimeter dick war, herum. »Sieh mal, Kate!«, rief er aus.

Als Kate sich näher beugte, sah sie die Buchstaben, die an einer Seite eingeprägt waren. »S-v-e-r-i-g-e«, buchstabierte sie. »Schweden?«

»Jup!«, rief Anders aus. »Das ist eine echte Prägung der Krone von Schweden. Das Kupferstück muss sehr alt sein.«

»Und wertvoll?«

Anders nickte. »Wahrscheinlich. Zumindest für seinen Besitzer.« Seine Augen glänzten. »Vielleicht gibt es eine Belohnung.«

»Eine große?«

Anders zuckte die Schultern. »Wer weiß? Wert hat es mit Sicherheit!«

»Genug, um eine Orgel zu kaufen?«

Anders schüttelte den Kopf. »Nein. Genug, um ein Pferd zu kaufen.«

»Eine Orgel.«

»Ein Pferd.«

Kate spürte, dass ihr die Zornesröte in die Wangen stieg. Ihr langer schwarzer Zopf flog über ihre Schulter. »Eine Orgel.«

»Ein Pferd«, sagte Anders fest.

Kate stampfte mit dem Fuß auf. »Ich habe das Kupferstück gefunden. Eine Orgel.«

»Du hättest es nicht gefunden, wenn ich dir nicht geholfen hätte.«

Jetzt war Kate wirklich zornig. »Du – du –«, schnaubte sie.

»Ein Pferd.«

Da bemerkte Kate das Lachen in seinen blauen Augen. Sie seufzte. »Du bist gemein.«

Anders grinste. »Jo, natürlich.« Er hörte sich an wie Papa.

Zum ersten Mal an diesem Tag lachte Kate. Anders stimmte mit ein. Die ganze Anspannung, die Kate ergriffen hatte, als sie beobachtete, wie der

Sturm aufkam, fiel von ihr ab. Ob Anders die Erleichterung spürte, die sie empfand?

Dann fiel ihr ein: »Mama und Papa? Denkst du, es geht ihnen gut?«

Anders nickte. Da bemerkte Kate, dass sie Herrn Nordstrom zum ersten Mal laut Papa genannt hatte. *Ob Anders es gemerkt hat? Ich will nicht, dass er mich aufzieht.* Doch Anders sagte nichts, auch wenn er es bemerkt hatte.

»Denkst du *wirklich,* dass es ihnen gut geht?«, fragte Kate noch einmal, als Tina und Lars es nicht hören konnten.

Diesmal blickte Anders ernst. »Jup«, antwortete er. »Ich kann es nicht erklären. Manchmal, wenn Papa mich mit Verantwortung zurücklässt, frage ich mich, ob ich es schaffe. Ich bin mir dann nicht sicher, ob ich auch nur Kleinigkeiten bewältigen kann. Doch jetzt –« Er brach ab und war nicht bereit oder unfähig, seine Empfindungen auszudrücken.

Nach einem Augenblick setzte er erneut zum Sprechen an, als ob er Kate beruhigen wollte. »Es dauert wegen des Sturms länger, bis sie zurück sind.«

Kate sah sich um. Die riesigen Eichen lagen auf dem Boden, ihre Wurzeln reckten sich hoch in die Luft. Es würde Tage brauchen, um die Blätter und gebrochenen Äste fortzuräumen. Doch irgendwie fühlte sie sich besser.

Anders grinste, als könne er nicht zu lange ernst bleiben. »Also gut, du machst lieber das Abendessen fertig.«

Kate ahmte seine Stimme nach. »Also gut, du gehst lieber die Kühe melken.«

Dann fiel ihr das Kupferstück ein, das Anders immer noch in seiner Hand hielt. »Was sollen wir damit machen?«

»Wir verstecken es besser.«

»Aber wo? Es ist alles so seltsam, was hier geschieht. Wo wäre es sicher?«

Anders sah nachdenklich aus. »Vielleicht sollten wir eine Falle stellen.«

Verschwunden!

Eine Falle?«, fragte Kate.

»Ja, wir benutzen das Kupferstück, um herauszufinden, wer es dorthin getan hat. Vielleicht ist es der Mann, den wir im Wald gesehen haben.«

»Gute Idee!«

»Schön, dass du sie gut findest«, sagte Anders gedehnt. »Es ist deine Aufgabe, das Kupferstück wieder an seinen Platz zu bringen.«

»Meine?« Kate dachte daran, wie wütend die Bienen waren. Die Stiche auf ihrem Arm und in ihrer Schulter schmerzten und brannten und es würde noch schlimmer werden.

»Jup. Weil du Bienen so gerne magst. Und heute Nacht halten wir Wache. Von deinem Schlafzimmer aus hat man die beste Aussicht auf die Bienenstöcke, aber ich kann sie auch von meinem Zimmer aus sehen.«

Sie kamen überein, dass Kate die erste Hälfte der Nacht wachen sollte und Anders die zweite Hälfte.

»Wir sollten ein Zeichen vereinbaren!«, sagte Kate.

»Wenn du mich brauchst, klopf an die Wand zwischen unseren Schlafzimmern.«

Im Haus klopfte Anders an eine Wand: »Ein langes, festes Klopfen, um zu sagen: ›Du bist dran, übernimm jetzt!‹ Ich werde genauso zurückklopfen, damit du weißt: Ich bin wach.«

»Was ist, wenn ich Hilfe benötige?«

»Ein langes Klopfen. Dann wartest du eine oder zwei Sekunden. Zweimal ein kurzes Klopfen. Wiederhol es so lange, bis ich es höre.«

Augenblicke später zog Tina an Kates Hand. Kate wusste: Die Kleine war hungrig. Kate ging in die Sommerküche, zündete die Petroleumlampe an und war froh über den Schein, den diese in der wachsenden Dunkelheit verbreitete.

Dann sammelte sie schnell Brennholz und machte Feuer im Herd. Anschließend schlüpfte Kate wieder nach draußen und schob das Kupferstück in den Hohlraum unter dem dritten Bienenstock.

Als Anders mit dem Melken fertig war, hatte sie Suppe und aufgebackenes Brot bereitgestellt.

Während des Abendessens regnete es wieder, doch der Wind war nicht mehr so heftig wie vorher. Tina wurde schläfrig, und Kate brachte sie ins Haus und steckte sie ins Bett. Dann nahm Kate sich eine Steppdecke und ein Kissen, setzte sich auf den Fußboden direkt vor dem Fenster und lehnte sich gegen die Fensterbank, um zu beobachten.

Eine sanfte Brise streifte sie. Die Wolken wurden fortgeweht, und der Mond kam hervor. Kate war froh. Wenn Mama und Papa versuchten, nach Hause zu kommen, würde das Mondlicht ihnen helfen.

Von hier hatte Kate eine klare Sicht auf den Fuhrweg. Sie konnte erkennen, wie er an der Seite des Hauses vorbeiführte und an der Vorderfront entlanglief. Neben den Bienenstöcken füllte Regenwasser eine tiefe Furche. Das Wasser schimmerte im Mondlicht.

Die Straßen müssen wieder furchtbar sein, dachte Kate und erinnerte sich an ihre Fahrt von Grantsburg durch den Morast im März. *Werden Mama und Papa durchkommen? Wo sie wohl sind?*

Kate beobachtete, wie die Schatten der Büsche neben den Bienenstöcken sich im Wind wiegten. Von Zeit zu Zeit verschwand der Mond hinter einer Wolke, dann kam er wieder hervor und erschien strahlender denn je. Einmal bewegten sich die Büsche mehr als gewöhnlich, und Kate setzte sich auf. *Was war das?*

Sie duckte sich am Fenster nieder und wäre dann fast aufgestanden, um zu klopfen, damit Anders zu Hilfe käme. Da bewegte sich ein Tier von den Büschen fort. Ein schwarzes Tier mit einem weißen Streifen, der seinen Rücken hinunterlief. Kate entspannte sich und lehnte sich wieder gegen das Fenster. Noch drei Monate vorher hätte sie sich so lange unter der Steppdecke versteckt, bis das Stinktier verschwunden war. Mittlerweile hatte sie oft welche gesehen und wusste, dass sie weit genug von dem Tier entfernt war.

Kate beobachtete, wie das Stinktier über die Wiese watschelte. Aus dem Innern des Hauses bellte Lutfisk. *Würde er ein genauso guter Wachhund sein, wenn ein Mann zum Bienenstock käme?*

Kates Augenlider wurden schwer. Die Ereignisse

des Tages liefen wie in einer Parade vor ihr ab. Im Rübenkeller waren sie eine Familie gewesen.

Kate gähnte. Als ein Schatten, der dunkler als die Nacht war, sich auf den Bienenstock zubewegte, rieb sie ihre Augen. Lutfisk bellte wieder, doch Kate hörte es kaum. Sie legte ihren Kopf auf die Fensterbank und fiel in einen erschöpften Schlaf.

Das morgendliche Sonnenlicht weckte Kate. Sie saß immer noch am Fenster. *Was mache ich hier?*

Dann sah sie die entwurzelten Bäume rings um das Haus verstreut und erinnerte sich an den Sturm. Das Kupferstück! Ruckartig richtete sie sich auf. *Ist irgendetwas geschehen, als ich geschlafen habe?*

Im Doppelbett lag Tina mit ausgebreiteten Armen und schlief fest. Kate schlich leise aus dem Zimmer und ging nach unten. Die untere Etage war leer, wie sie es befürchtet hatte. Mama und Papa waren nicht nach Hause gekommen.

Die Straßen sind matschig, sagte Kate fest zu sich selbst. Doch sie wusste: Mama und Papa waren lange überfällig. Kates Magen krampfte sich zusammen, wenn sie nur daran dachte.

In der Sommerküche machte sie Feuer im Herd, dann ging sie zum Brunnen. Sie klappte die Falltür hoch, legte sich hin und ergriff das Seil. Rasch zog sie den Milcheimer hoch. Als sie versuchte aufzustehen, verfing sich ihr Kleid wieder einmal an einem Holzspan. Vorsichtig befreite sie sich, dann eilte sie zurück, um das Frühstück zu machen.

Dort fand sie zuerst Lars, dann Tina vor. Kate

war fast mit den Pfannkuchen fertig, als Anders vom Melken hereinkam. Der übliche Glanz war aus seinen Augen gewichen, und seine breiten Schultern hingen herab.

Er ließ sich auf einen Stuhl fallen und sah müder aus, als Kate ihn je gesehen hatte. Doch Kate vermutete, dass etwas anderes ihm Sorgen bereitete. Selbst bei den Schlammstraßen hätten ihre Eltern längst zu Hause sein müssen. Wären nicht Lars und Tina da gewesen, hätte sie gefragt: »Bist du *sicher*, dass mit ihnen alles in Ordnung ist?« Stattdessen schluckte Kate ihre Frage hinunter.

Das Frühstück war noch schweigsamer als das Essen am Vorabend. Zum ersten Mal, seit Kate Anders kannte, schob er die Pfannkuchen auf seinem Teller hin und her.

Nach dem Frühstück stand Anders auf und nahm die große Bibel vom Regal. Unbehaglich blickte er zu Kate, als hoffe er, sie werde keine spöttische Bemerkung machen. Kate starrte ihn so überrascht an, dass ihr keine Bemerkung in den Sinn kam.

Anders schlug den Psalm auf, den Papa an Kates erstem Tag auf der Farm gelesen hatte. »Gott ist unsere Zuversicht und Stärke, ein starker Helfer in aller Not.«

Seine Stimme wurde stärker. »Deshalb fürchten wir uns nicht …«

Als Anders fertig war, schloss er die Bibel. Mit noch größerem Unbehagen senkte er seinen Kopf und schloss die Augen.

Während Kate ihn anstarrte, bemerkte sie, dass Tina sie ansah. Kate senkte ihren Kopf und schaute nur noch verstohlen, wenn Tina nicht guckte.

Als Anders betete, kamen hastig die Worte hervor: »Herr Jesus, wo immer Mama und Papa sind, wir bitten dich: Pass auf sie auf. Wir bitten dich, dass du sie sicher nach Hause bringst. Amen.«

Immer noch ohne Kate anzublicken, erhob Anders sich vom Tisch. Als er aufstand, rutschte sein Stuhl über den Holzfußboden. Er straffte seine breiten Schultern, als wolle er es mit der ganzen Welt aufnehmen.

Einen Augenblick später hörte Kate ein Geräusch – ein Wagen kam den Hügel hinauf. Sie rannte hinaus und sah Dolly und Florie um die Scheune biegen. »Sie sind da!«, schrie Kate. »Sie sind zu Hause!«

Papa hielt die Pferde an und sprang vom Wagen. Sobald Mama unten angelangt war, nahm sie Kate in ihre Arme. Bei Kate brachen jetzt die Tränen hervor, die sie bisher zurückgehalten hatte.

Mama ließ sie weinen. Als Kates Schluchzen verstummte, trat sie einen Schritt zurück. Mama hielt Kate in Armeslänge von sich und sah ihr in die Augen. Auch Mamas Wangen waren feucht vor Tränen.

Schließlich schaute Kate zu Herrn Nordstrom. Er versuchte, alle auf einmal zu umarmen – Anders, Lars und Tina. Seine langen Arme kamen ihm dabei sehr zu Hilfe.

Als Kate das beobachtete, wollte sie ihm sagen, wie froh sie war, dass er in Sicherheit war, wie gut es war, ihn wieder zu Hause zu haben. Doch plötzlich fühlte sie eine Scheu vor diesem Mann, den sie jetzt in ihren Gedanken Papa nannte.

Sie zögerte, und ihre Zunge schien am Gaumen festzukleben. Als Herr Nordstrom sich zu ihr umdrehte und ihr seine Arme entgegenstreckte, wandte sie sich ab.

Erst da bemerkte Herr Nordstrom die entwurzelten Bäume. »Es sieht so aus, als hätten wir Arbeit bekommen, Anders.«

Anders grinste. »Ja, das ist Holz für den Winter.« Die Erleichterung, dass Papa zu Hause war, leuchtete aus seinen Augen.

Die Eltern erzählten, dass der Blueberry Special Verspätung gehabt hatte. Der Nachmittag war beinahe vorüber, als die Bahnarbeiter den neuen Pflug ausluden. Zu diesem Zeitpunkt war der Himmel bereits dunkel und grün. Papa brachte die Pferde in einen Mietstall und begab sich mit Mama in Antlers Hotel, um zu warten. Um sechs Uhr erreichte der Sturm Grantsburg.

»Nördlich von hier ist es wirklich schlimm«, sagte er. »Es war vermutlich ein Wirbelsturm. An mehreren Stellen blockierten umgestürzte Bäume den Weg.«

»Es war zu dunkel, um Genaues zu sehen«, sagte Mama. »Doch eine Anzahl von Häusern und Scheunen sind wohl zerstört.«

Erst am Spätnachmittag fand Kate Gelegenheit, nach dem Kupferstück zu sehen. Nachdem sie ihren

Overall, die Handschuhe und den Schleier angezogen hatte, überquerte sie den Fuhrweg. An der Rückseite des dritten Bienenstocks kniete sie sich hin und fasste in den Hohlraum.

Ihre Hand kam leer hervor.

Habe ich es weiter zurückgeschoben, als ich dachte? Sie versuchte, ihr unbehagliches Gefühl nicht zu beachten, zog ihren Handschuh aus und tastete mit der bloßen Hand.

Als sie immer noch nichts fand, warf sie einen Blick unter die Plattform. Da sie das Kupferstück nicht erblicken konnte, legte sie sich auf den Bauch und tastete mit ihren Fingern so weit sie nur konnte in den Hohlraum hinein.

Eine Biene flog hoch, umkreiste ihren Kopf und summte ärgerlich. Weitere Bienen folgten, und Kate blies Rauch in ihre Richtung. Als einige sich auf ihren Schultern und Armen niederließen, richtete sie den Smoker auf sich selbst. Doch die Bienen waren immer noch vom Tag vorher aufgeregt. Schließlich gab Kate auf und ging zum Haus.

Beim Fuhrweg traf sie Anders und musste ihm berichten: »Es ist weg! Das Kupferstück ist verschwunden!«

»Weg! Aber du hast doch letzte Nacht Wache gehalten. Du hast doch den Fremden nicht gesehen, oder?«

Kate war es peinlich, ihm mitzuteilen: »Ich bin eingeschlafen.«

Diesmal ärgerte Anders sie nicht. »Also, um die

Wahrheit zu sagen, ich auch. Deshalb habe ich nicht gehört, ob du nach mir geklopft hast.«

»Ich habe unsere große Chance verpasst«, jammerte Kate und ließ ihre Schultern hängen. »Bis jetzt war alles weit vom Haus entfernt versteckt. Diesmal war es nah genug, um zu beobachten.«

Zusammen gingen sie über den Fuhrweg zurück. Hufabdrücke und die Spuren der Räder des zurückgekommenen Wagens waren im Matsch zu sehen. Als sie zur anderen Seite gingen, bemerkte Kate etwas. »Anders! Sieh dir das an!«

Nahe am Rand des Weges kniete Kate sich hin. Trotz der Wagen- und Pferdespuren war dort ein deutlicher Abdruck. »Das ist es!«

»Das ist was?«, fragte Anders.

»Der Abdruck, den wir im Wald gesehen haben. Von einem Stiefel oder Schuh. Der Abdruck, den der geheimnisvolle Fremde hinterlassen hat!«

»Ah!« Anders kniete sich ebenfalls hin, um besser sehen zu können. »Jup! Der gleiche seltsame Umriss. Die tiefe äußere Linie an der Ferse.«

»Auch an der Spitze«, sagte Kate. »Vielleicht ist es der Eisenbeschlag, von dem du gesprochen hast.«

Dann kam Kate ein Gedanke, der sie beunruhigte: »Anders, an dem Tag mit dem Dynamit, als ich mich fragte, ob ich einen Bären gesehen habe …«

Sie standen beide vom Boden auf. »Hast du gedacht …«

Sie sah ihm in die Augen, und Kate wusste, er

würde sie nicht belügen. »Dachtest du, es war stattdessen der Fremde?«

Langsam nickte Anders. »Ich wollte dir keine Angst machen. Es war immer sicher, hier draußen zu leben. Niemand hat uns je belästigt.«

Kate empfand wirklich Angst. »Und er kommt näher zum Haus.« Ein Schauer lief ihr den Rücken hinunter.

Anders ging weiter über die Wiese. »Etwas beunruhigt mich noch. Wir wissen, dass der Fremde irgendwo hier in der Umgebung ist. Doch warum ist er nur ab und zu hier? Warum kommt er her, und dann verschwindet er wieder?«

Auf dem Markt

Zwei Tage später kam Lars vom Briefkasten gerannt. »Es ist da!«, rief er und brachte das Burnett County Journal vom 8. Juni. Die Familie versammelte sich, um den ersten Zeitungsbericht über den Sturm zu lesen.

Eine Woche später enthielt die Zeitung eine ausführlichere Beschreibung von Schäden und Zerstörungen in der Gegend. Erst in der Ausgabe vom 22. Juni brachte das Journal Bilder und den gesamten Bericht.

Der Wirbelsturm, der nördlich von der Windy Hill Farm vorbeigezogen war, hatte rechts und links seines Weges breite Streifen der Verwüstung hinterlassen. Es war ein Wunder, dass niemand ums Leben gekommen war.

Seit dem Tag des Sturms hatte sich in Kate etwas verändert. Wenn sie mit Herrn Nordstrom zusammen war, vermied sie es zwar immer noch, ihn beim Namen zu nennen, doch in ihren Gedanken war das anders. Während sie ihren irischen Vater weiterhin Vati nannte, dachte sie bei Herrn Nordstrom vermehrt an Papa.

In den Wochen danach entdeckten sie und Anders nicht den leisesten Hinweis, dass der Fremde irgendwo in der Gegend war. Doch beide hörten nicht auf, an den Mann und sein geheimnisvolles

Erscheinen zu denken. Jedes Mal, wenn Kate weiche Erde erblickte, hielt sie unwillkürlich nach dem seltsamen Stiefelabdruck Ausschau. »Was unterscheidet diesen Abdruck eigentlich von anderen?«, fragte sie Anders mehr als einmal.

An einem warmen Tag, als Tina sich den Katalog ansah, hatte Kate eine Idee.

»Tina, lässt du mich eine Minute in dein Wunschbuch schauen, ja?« Kate nahm den Katalog und schlug die Abteilung der Herrenschuhe auf. Tina wurde ungeduldig, als Kate eine Beschreibung nach der anderen las. Schließlich fand Kate, was sie suchte.

Sie nahm den Katalog und suchte Anders. »Schau mal!«, rief sie aufgeregt. »Lies das!«

BERGBAUSCHUHE FÜR MÄNNER, 1,50 Dollar. Gegen einen Aufpreis rüsten wir diese Schuhe mit einer schweren eisernen Schuhspitze aus und versehen ebenso den Absatz mit einem schweren Eisenbeschlag, wodurch sie praktisch unbegrenzt haltbar werden.

Anders stieß einen lauten Ruf aus. »Stimmt, das ist es! Genau so ein Schuh hat den Abdruck hinterlassen, den wir gesehen haben!« Dann ließ seine Aufregung nach. »Aber hier in der Gegend gibt es keine Mine. Wer sollte solche Bergbauschuhe tragen?«

Als sie Papa Nordstrom danach fragten, meinte er: »Ihr habt recht. Vor Jahren war die Rede von einer Kupfermine in Trade Lake. Doch es ist nichts daraus geworden. Mir fällt niemand ein, der diese Art Schuhe tragen würde.«

So gerne Kate und Anders mehr gewusst hätten, sie konnten keine weiteren Hinweise finden.

Während der Sommer dahinging, bürstete Anders jeden Morgen sein Schwein, um es für den Markt vorzubereiten. Rosie war schön fett geworden, und Anders hatte große Hoffnungen, das blaue Band zu gewinnen.

An einem heißen Tag im August legte Papa Nordstrom fest, wie viel Honig die Bienen für den Winter benötigten. Den übrigen Honig nahm er mit Kate aus den Bienenstöcken. Es war harte Arbeit, die oberen Kästen herunterzunehmen und die Bienen von den Rahmen zu bürsten.

Mit einem Messer, das in heißem Wasser gewärmt worden war, entfernte Mama die Wachsschicht, die die Waben verschloss. Dann stellte Papa die Rahmen in eine Schleuder und gewann auf diese Weise den Honig. Kate und Mama gossen ihn in Gläser und Eimer.

»Haben wir genug?«, fragte Kate.

»Genug wofür?«, antwortete Papa, als wisse er nicht mehr, was sie meinte.

»Du weißt doch.« Dann bemerkte sie sein Grinsen. »Wir haben genug, nicht wahr?«

»Jo, genug, um welchen zu verkaufen!«, versprach er. »Nicht genug für eine Orgel, aber es ist ein Anfang.«

»Großartig!«, rief Kate. Die Stiche, die sie abbekommen hatte, spielten jetzt keine Rolle mehr.

Schließlich kam der Samstag des Marktes. Anders teilte den hinteren Teil des Farmwagens ab. Papa half ihm, das quietschende Schwein hineinzubekommen.

In den mittleren Teil des Wagens stellten er und Anders hölzerne Kisten, die vollgepackt waren mit Honiggläsern für den Straßenmarkt. Menschen würden von meilenweit her alles Mögliche mitbringen, um es zu verkaufen.

Es war noch dunkel, als Papa die Pferde antrieb und sie den Hügel hinunterfuhren. Mama und Anders saßen oben bei Papa. Die Übrigen saßen hinten im Wagen.

Kate beobachtete, wie Mama redete und lachte. *Sie hat sich verändert. Sie ist glücklicher, glaube ich. Sie singt sogar im Haus, wie sie es tat, als Vati noch lebte.*

Als sie auf die Straße nach Grantsburg einbogen, hatte Kate einen weiteren Gedanken. *Ich habe Sarah und Michael seit Langem nicht mehr vermisst.*

Durch den heißen Sommerwind war die Straße trocken, und die Fahrt ging gut voran. Als die Familie das Marktgelände von Grantsburg erreichte, luden Anders und Papa das Schwein aus, während Lars einen Eimer Wasser herbeiholte. Rosie wurde von Anders gewaschen und sorgfältig herausgeputzt, wie es für das blaue Band nötig war.

Um Kate herum sammelten sich Menschengruppen. Sie hörte, wie Männer und Frauen, die weit verstreut auf dem Land lebten, Freunde begrüßten, die sie eine Zeit lang nicht gesehen hatten.

Papa fand eine freie Stelle an der Straße, baute Sägeböcke auf und legte als Tisch Bretter darüber. Kate breitete eine Decke über die Bretter, dann stellte sie den Honig darauf. Goldschimmernd und klar im Sonnenlicht ließ er einem das Wasser im Mund zusammenlaufen.

Es dauerte nicht lange, da kam der erste Käufer vorbei. Als Kate das Geld einsteckte, war sie richtig aufgeregt. Schon blieb eine weitere Frau stehen, schob ihr Geld hin und stellte das Glas in ihren Marktkorb. Gegen Mittag waren nur noch fünf Gläser übrig.

Kates Aufregung nahm zu, wenn sie an Papas Worte dachte: »Jedes bisschen hilft!« Ihre kleine Geldbörse füllte sich immer mehr.

Dann kam ein junges Ehepaar an den Tisch. *Sie sind nicht viel älter als ich,* dachte Kate. Nachdem sie den Preis erfragt hatten, entfernten sie sich ein wenig, um miteinander zu sprechen.

»Das ist genau das, was wir benötigen«, sagte die Frau. »Wenn wir sparsam sind, werden uns fünf Gläser durch den Winter bringen.«

Kate konnte nur schwer die Antwort des Mannes hören. »Für *alles* Kochen und Brotbacken?«

Die Frau nickte. »Ich werde die geringste Menge nehmen, die möglich ist.«

Ihr Mann seufzte. »Ich weiß nicht, was ich machen soll. Hätte der Sturm nicht alles weggefegt, hätten wir auch etwas zu verkaufen.«

»Doch wenn wir nichts zu essen haben …«

Der junge Mann nickte. »Jo, du hast recht.« Er griff tief in seine Tasche und zog eine flache Lederbrieftasche heraus. »Du bekommst deinen Honig. Ich helfe dir, ihn zum Wagen zu tragen.«

Als sie zum Tisch zurückkamen, drehte Kate sich um und tat so, als habe sie nichts gehört. Sie schluckte und versuchte, ein Gefühl beiseitezuschieben, das sie gut kannte.

Vor der Hochzeit von Mama und Papa Nordstrom hatte Kate dieses Gefühl oft gehabt. Es war jedes Mal da gewesen, wenn Kate Mama in der Nacht weinen hörte. Es kam, wenn Kate sich gefragt hatte, ob sie genug Geld zum Essen haben würden. Dieses Gefühl der Leere nagte jedes Mal tief in ihrem Innern.

»Wir möchten gern alle fünf Gläser«, sagte die junge Frau mit ruhiger Stimme. Während sie die zwei Stofftaschen aufhielt, legte ihr Mann das Geld auf den Tisch.

»Einen Augenblick!«, sagte Kate. »Ich werde sie einpacken, damit sie nicht auf dem Heimweg zerbrechen.« Sie kniete sich hin, um Zeitungspapier aus einer Kiste zu nehmen, die sie für die Honiggläser verwendet hatten.

Noch einmal dachte Kate an den langen Winter, nachdem Vati verstorben war. Häufig war sie hungrig und ängstlich zu Bett gegangen.

Ich will eine Orgel. Von ganzem Herzen wünsche ich mir eine Orgel. Doch tief in ihrem Innern erkannte Kate: *Aber ich muss sie nicht haben.*

Dann kam ihr die Idee. Mit einer Hand reichte Kate der jungen Frau etwas Zeitungspapier. Mit der anderen nahm sie das Geld. Während sie sich hinter dem Tisch niederbeugte, um mehr Papier zu nehmen, zog sie ihr Taschentuch hervor. Schnell legte sie die Geldmünzen hinein und machte einen Knoten.

Mit dem Taschentuch in der Hand griff sie nach dem letzten Glas Honig. Sie kniete sich nochmals hin, legte das Taschentuch auf den Deckel und wickelte einen Bogen Papier um Geld und Glas. Sie erhob sich und stellte das Glas in eine der Taschen.

»Sieht so aus, als hätten Sie alles verkauft«, sagte der junge Mann.

Kate nickte. »Danke für Ihren Einkauf. Ich hoffe, der Honig schmeckt Ihnen.«

»Das wird er!«, antwortete die Frau. Jeder von ihnen nahm eine Tasche, und bald waren sie in der Menge verschwunden.

Im gleichen Augenblick tat Kate leid, was sie gemacht hatte. *Wie konnte ich so dumm sein, fünf Gläser zu verschenken?*

Dann hatte sie einen noch schrecklicheren Gedanken. *Vielleicht war es ihre Absicht, dass ich sie hören sollte?*

Wie eine Maus, die ein Stück Käse gefunden hat, nagte in Kate der furchtbare Gedanke. Schließlich stieß sie den Gedanken von sich. So wollte sie nicht mehr denken. *Nein! Sie waren ehrlich.*

Doch unbeantwortete Fragen quälten Kate, als sie die Decke zusammenfaltete, die Bretter herunternahm und sie gegen einen Baum lehnte. Nachdem sie die Kisten aufgestapelt hatte, beschloss sie, sich auf dem Markt umzusehen.

Langsam ging Kate an den Ständen vorbei. Dann und wann hielt sie an, um zu sehen, was die Leute zum Kauf anboten. Sie wollte schon fast umkehren, als sie an eine Ecke kam. Ihr stockte der Atem vor lauter Überraschung. Wirklich? Das konnte doch wohl nicht möglich sein. Kann das sein?

Etwas abseits von der Straße und vom Staub stand eine Orgel; eine rote Heimorgel. Genau so eine Orgel, wie Kate sie sich erträumte!

Angsthase?

Während Kate dastand, vergaß sie alles um sich herum. Eine Heimorgel. Die Pfeifenorgel in Minneapolis musste von jemand anders gepumpt werden. Diese jedoch konnte Kate allein spielen. Sie musste nur die Fußpedale treten.

Das ist die schönste Orgel der ganzen Welt! Schnitzereien verzierten den hohen hölzernen Rücken. Auf jeder Seite des Notenhalters waren schmale Simse für Petroleumlampen. Neben der Tastatur befanden sich zehn Register, um den gespielten Ton zu verändern.

Kate ging näher heran, um sie besser betrachten zu können. Die Elfenbeintasten wirkten so neu, als seien sie nie benutzt worden.

Der Besitzer der Orgel trat vor. »Wollen Sie die Orgel ausprobieren, junge Dame?«

Ich will schon!, dachte Kate. Sie hatte Scheu, vor einer anderen Person zu spielen.

»Ah, komm nur!«, ermutigte sie der Mann. »Hast du Unterricht gehabt?«

Kate schüttelte den Kopf.

»Warum versuchst du es nicht trotzdem?«

Warum nicht? In dem Gewühl würde es vielleicht keiner bemerken.

Als Kate sich auf den Orgelschemel setzte, schlug ihr das Herz bis zum Hals. Sie setzte ihre Füße auf die Pedale, begann zu pumpen und hörte das sanfte Geräusch der Luft, die hineinkam.

Der Mann griff über sie hinweg und zog einige Register heraus. »Jetzt versuch es einmal.«

Kate setzte ihre Finger auf die Tastatur, wie sie es bei Organisten gesehen hatte. Die Töne klangen durcheinander und seltsam. Sie ließ ihre Finger hin und her laufen und lauschte, bis die Noten harmonisch verschmolzen. Dann benutzte sie nur ihre rechte Hand und griff einen Ton heraus.

Es dauerte nicht lange und sie vergaß den Mann, der neben der Orgel stand, und auch die Menschen, die auf der Straße vorübergingen. Als sie in der Melodie sicher war, fügte sie Töne mit ihrer linken Hand hinzu und veränderte die Noten so lange, bis sie zusammenpassten.

Dann schienen die Melodien, die Kate schon so oft in Gedanken gespielt hatte, in ihre Finger zu fließen. Sie wurde ganz aufgeregt. Sie konnte es sich selbst nicht erklären. Sie konnte spielen, obwohl sie es nie gelernt hatte!

Schließlich hielt Kate inne, ohne es zu wollen; sie fühlte sich plötzlich sehr selbstsicher, stand auf und fragte: »Wie viel kostet sie?«

»Es ist eine wirklich gute Orgel«, antwortete er. »Neu von 1885. Solides Eichenkabinett. Keine Schramme dran. Alles in bestem –«

»Wie viel?«, unterbrach Kate.

»Ich verkaufe sie dir für zwanzig Dollar. Das ist ein echter Gelegenheitskauf.«

»Fünfzehn.«

»Neunzehn.«

»Fünfzehn fünfzig.«

Der Mann schüttelte den Kopf.

»Wenn Sie die Orgel wieder mit nach Hause nehmen müssen –«

»Ich habe immer noch einen halben Tag, um sie zu verkaufen.«

Doch dann fiel Kate ein, dass sie nicht einmal die Hälfte davon besaß, selbst wenn er sie für sechzehn Dollar verkaufen würde. »Ich rede mit meinem Papa«, sagte sie leise.

Kate war selbst überrascht, dass sie Papa gesagt hatte. Bevor sie losging, drehte sie sich noch einmal um. Lange schaute sie auf die Orgel, dann ging sie weiter.

Dabei rannte sie beinahe gegen Papa Nordstrom. Sie fühlte sich unbehaglich, als sie ihn dort mit Anders sah.

Ob sie mich gehört haben? Ob sie gehört haben, wie ich mit dem Mann gehandelt habe? Ich will nicht, dass Anders mich aufzieht.

»Du bist eine gute Orgelspielerin, Kate«, sagte Papa freundlich. Kate schluckte schwer und sah zu Boden. *Er hatte es also gehört. Alles.*

Dann fiel ihr das Geld ein. Kate griff tief in ihre Geldbörse und zog die Münzen heraus, die sie beim Honigverkauf verdient hatte. Papa öffnete seine Hände, und sie ließ das Geld hineinfallen. Wieder tat es ihr leid, dass sie die fünf Gläser verschenkt hatte.

Gleichzeitig nahm Anders Geld aus seiner Tasche und gab es Papa. Sie sahen sich lange an.

Plötzlich fiel Kate Anders' Schwein Rosie ein. »Was ist? Hast du ein Band bekommen?«

Anders sah sie stolz an. »Klar. Ein *blaues* Band und etwas noch Besseres!«

Kate war neugierig. »Was denn?«

Ein breites Grinsen überzog sein wettergebräuntes Gesicht. »Ein Mann hat sie gekauft. Er gab mir einen guten Preis!«

Kate spürte seine Begeisterung. »Und jetzt bekommst du dein Pferd?«

»Nein. Noch nicht.«

»Dann ein Kalb, das du aufziehen und gegen ein Pferd tauschen kannst?«

Anders' blaue Augen flackerten einen kurzen Moment, doch es verging so schnell, dass Kate dachte, sie hätte es sich nur eingebildet.

»Nein«, sagte er. »Doch komm mit. Ich zeige dir eine Stute, die ich entdeckt habe. Kann sein, dass sie gut ist.«

Sie ließen Papa zurück und gingen die Straße hinunter. Bald kamen sie an einen Platz, auf dem Pferde verkauft wurden. Anders blieb stehen. »Siehst du sie? Ist sie nicht eine Schönheit?«

Vor Kate stand eine schwarze Stute, die an einen Baum gebunden war. Ihr Fell glänzte, ihre Beine waren lang und schlank. Die Stute warf ihren Kopf hoch, und Kate stellte fest, dass sie ein Pferd der temperamentvollen Sorte war, wie Anders es wollte.

»Wie heißt sie?«

Als Anders nicht antwortete, fragte Kate noch einmal. »Ich würde sie Wildfire nennen!«, sagte er mit leiser Stimme.

»Ich glaube, sie würde tatsächlich wie ein wildes Feuer laufen. Wie viel kostet sie?«

»Etwas mehr, als ich für das Schwein bekommen habe.«

»Wirklich? Nicht mehr? Wie kommt das? Sie ist doch ein großartiges Pferd.«

»Das ist sie auch. Bis auf eine Sache.« Anders ging zur Vorderseite der Stute.

Schweigend stand er dort, und Kate folgte ihm. Sie folgte seinem Blick und schaute dann schnell zur Seite. Quer über der Brust des Pferdes war ein tiefer Schnitt zu erkennen, der noch nicht ganz verheilt war.

Kate sah den Schmerz in Anders' Augen. Schmerz, den er, wie sie vermutete, wegen des Pferdes empfand. »Wie ist das geschehen?«

»Sie muss in einen Zaun gelaufen sein. Viele Pferde sind nicht an Stacheldraht gewöhnt. Es sieht so aus, als sei sie geradewegs hineingelaufen.«

»Was wird mit ihr geschehen?«, fragte Kate, die sich fürchtete, noch einmal hinzusehen.

»Wenn sich jemand um sie kümmert und sicherstellt, dass sich die Wunde nicht entzündet –«

»Du könntest das!«

Ein Schatten huschte über Anders' Gesicht. »Vielleicht. Vielleicht nicht. Es wäre jedenfalls eine

Chance. Ich kann nicht mit Sicherheit sagen, ob nicht die Sehnen verletzt sind.«

»Hast du Papa gefragt?«

Anders nickte, doch er sah Kate immer noch nicht an. »Er denkt, die Stute wird wieder gesund.«

»Warum nimmst du sie dann nicht?«, platzte sie heraus. Anders betrachtete immer noch das Pferd und schien nicht hinzuhören.

»Wag es!«

Anders schüttelte den Kopf.

»Bist du ein *Angsthase*?«

Anders drehte sich herum, seine Augen blitzten vor Ärger. Doch zum ersten Mal, seit Kate ihn kannte, ging er einfach davon, anstatt zu antworten. Kate musste hinterherlaufen, um ihn einzuholen.

Als sie Papa Nordstrom fanden, wartete Kate, bis Anders weiterging, um mit einem Freund zu sprechen.

Dann fragte sie, obwohl das Herz ihr dabei zerspringen wollte: »Warum nimmst du nicht das Geld von dem Honig? Warum nimmst du es nicht, um Anders zu helfen, Wildfire zu kaufen?«

Papa sah sie überrascht an. »Die Stute? Aber du hast den ganzen Sommer gearbeitet, um für eine Orgel zu sparen!«

»Jo.« Kate benutzte nur selten das schwedische Ja. Doch diesmal drückte es genau ihre Empfindungen aus. »Dieses Pferd –« Sie dachte an die Verletzung und war unfähig auszudrücken, dass Anders und Wildfire sich gegenseitig benötigten. »Wer ist der Besitzer?«, fragte sie, weil sie nicht wusste, was sie sonst sagen sollte.

»Ein Mann etwas außerhalb von Grantsburg«, antwortete Papa. Zu Kates Enttäuschung wechselte er das Thema. »Lass uns Mama suchen. Es ist Zeit für ein Picknick. Wenn wir uns beeilen, muss sie nicht länger warten.«

Er drehte sich um und stieß mit einem anderen Mann zusammen. »Oh, entschuldigen Sie!«

Der Mann lüftete seinen Hut, und Kate sah sein hellbraunes Haar, das in der Mitte gescheitelt war. In seinem feinen Anzug schien er nicht auf den Markt zu passen. Der Mann kam ihr bekannt vor.

»Kennen wir uns nicht?«, fragte Papa und gab Kates Gedanken wieder.

»Eberly«, antwortete der Mann und lüftete erneut seinen Hut. »Fred Eberly.«

»Jo, natürlich«, sagte Papa. »Der Kaufmann. Habe Sie letzten Frühling im Blueberry Special getroffen. Sie sind wieder in der Stadt, wie ich sehe.«

»Richtig, richtig«, sagte Eberly, seine Stimme klang herzlich. »Ich zeige den Händlern mein neues Angebot für den Winter.« Er lächelte, doch irgendwie erreichte es nicht seine Augen.

Kate überlief ein Schauer. Warum war ihr kalt? Hatte eine Wolke die Sonne verdeckt? Sie blickte hoch, aber die Sonne glänzte immer noch in der klaren Luft.

Kate konnte das Gefühl nicht abschütteln. Etwas beunruhigte sie. Waren es die Augen des Mannes?

Ihre grauen Tiefen wirkten unruhig, als wäre Herr Eberly ärgerlich oder hinterhältig. Kate konnte es sich nicht erklären. Sie wusste nur, dass sie Herrn Eberly nicht mochte.

Indem er wiederum seinen Hut zog, ging Herr Eberly davon und verschwand in der Menge.

Der Sirupeimer

»Wir haben Big Gust gesehen!«, sagte Tina, als sie alle in den Wagen kletterten, um nach Hause zu fahren.

»Wisst ihr, was er gemacht hat?« Lars' blaue Augen funkelten zwischen seinen Sommersprossen. »Er hat zwei Unruhestifter auf einmal hochgenommen!«

Kate war neugierig. »Er nahm sie hoch?«

»Er hielt den einen Kerl unter einem Arm und den anderen unter dem anderen Arm. Und dann schleppte er sie fort zum Gefängnis!«

Lars hob seine rechte Hand zum Schwur, dass er die Wahrheit gesagt hatte. Bei dem, was Kate schon über Big Gust gehört hatte, fiel es ihr nicht schwer, das zu glauben. Die übrige Zeit auf dem Nachhauseweg war sie jedoch nachdenklich und still.

Bevor sie Grantsburg verließen, war sie zurückgegangen, um die Orgel noch einmal zu betrachten. Sie war fort, genauso wie ihr Besitzer. Die Enttäuschung schnitt ihr wie ein scharfes, schreckliches Messer ins Herz.

Auch Anders schwieg vor sich hin. Kate fragte sich, ob er an Wildfire dachte. Sie konnte sich gut vorstellen, dass er innerlich aufgewühlt war. Sie selbst war es auch.

Sie fühlte sich im Stich gelassen. *Es war schwer*

gewesen, Papa zu sagen, das Geld für die Stute zu nehmen. Doch noch schlimmer war: Er hat es nicht genommen, obwohl ich es angeboten habe. Jetzt hat Anders kein Pferd, und ich habe keine Orgel.

Die Enttäuschung in Kate saß tief. *Wir haben beide hart gearbeitet. Keiner von uns hat bekommen, wofür er gearbeitet hat.* Es war, als sei die ganze Welt düster geworden.

Der Sonntagmorgen dämmerte hell und klar herauf. Kate erwachte früh und sah den Nebel über dem Rice Lake hochsteigen. Kurze Zeit trübte ein Nebel von Tränen ihre Sicht. Sie war immer noch aufgebracht.

Während sie versuchte, ihren Unmut hinter sich zu lassen, zog sie ihr Sonntagskleid an und hängte ihr Medaillon um. Als sie ihr Haar bürstete, beugte sich Kate zum Spiegel vor, um das kostbare Schmuckstück besser betrachten zu können.

Jedes Mal, wenn sie das Medaillon trug, erinnerte sie sich an Vatis Liebe zu ihr und es überkam sie ein Gefühl der Wärme. Kate hoffte, sie würde nie ihren letzten Geburtstag vor seinem Tod vergessen. »Oh, Brendan!«, hatte Mama gesagt. »Sie ist zu jung für ein so wertvolles Geschenk.«

Vati hatte den Kopf geschüttelt. Seine blauen Augen tanzten, als er Kate anlächelte: »Ich habe dieses Jahr eine gut bezahlte Arbeit gehabt. Ich möchte, dass sie es bekommt.«

Kate erinnerte sich noch genau daran, was sie empfunden hatte, als sie das herzförmige Medaillon in Empfang genommen hatte. Es war mit einem kleinen Scharnier versehen und ließ sich öffnen, sodass auf der einen Seite ein kleines Bild von Mama und auf der anderen Seite eins von Vati zu sehen war.

Sie konnte beinahe spüren, wie Vati sie hoch in die Luft emporgehoben hatte, sie hörte sein Lachen und seine irische Tenorstimme, die Lieder sang, die ihr so gut gefielen. »Sie wird schon gut darauf achtgeben!«, hatte er zu Mama gesagt. Und Kate hatte darauf achtgegeben. Immer, die ganze Zeit über, bis zu diesem Augenblick.

Nach dem sonntäglichen Mittagessen besuchten Mama und Papa Nordstrom einen kranken Nachbarn. Lars und Tina fuhren mit. »Wenn wir nicht rechtzeitig zurückkommen, erledigt bitte die Hausarbeit«, sagte Papa zu Kate und Anders. »Dann bedeutet das, dass die Nachbarn unsere Hilfe benötigen. Es kann sein, dass ich den Arzt holen muss.«

Als Kate nach dem Essen sauber machte, brachte sie auch die Milch zum Brunnen. Sehr vorsichtig, weil sie ihr bestes Kleid anhatte, klappte sie die Falltür hoch und legte sich auf den Bauch, um die Milch hineinzustellen.

Der Holzsplitter neben der Öffnung schien länger als sonst zu sein. Vorsichtig lehnte Kate sich über den aufgerauten Rand, um unter die Stämme zu greifen, die den Brunnen bedeckten. Sie hakte das Seil an den Eimer und ließ die Milch hinunter bis zur Wasserlinie.

Da stieß sie etwas leicht in den Rücken. Überrascht stemmte Kate sich auf ihre Knie hoch. Eine kalte Nase berührte ihren Arm. »Lutfisk!«

Der Hund kam näher und wartete darauf, dass Kate ihn hinter den Ohren kraulte. Doch plötzlich schreckte sie zusammen. »Mein Medaillon! Es ist weg!«

Ihr wurde ganz übel, als sie an ihre hastige Bewegung dachte. Etwas hatte sich am scharfen Ende des Splitters verfangen. *War das Medaillon in den Brunnen gefallen?*

Sie beugte sich hinüber und sah in das dunkle Loch. Nur schwarzes Wasser glitzerte zu ihr hinauf. *Vatis Geschenk!*

Kates Herz krampfte sich zusammen. Sie hockte sich hin, um nachzudenken. Je mehr sie darüber nachdachte, desto unmöglicher wurde es. Wo sonst konnte das Medaillon sich befinden? Es musste im Brunnen sein!

»Sie wird gut auf das Medaillon achtgeben!«, hatte Vati gesagt.

»Ich habe es nicht! Ich habe es verloren!«, rief Kate aus. »Ich habe es verloren!«

»Was hast du verloren?«, fragte Anders, der hinter ihr auftauchte.

»Mein Medaillon! Mein Medaillon von Vati. Es ist unten im Brunnen! Was soll ich bloß tun?«

Anders kniete sich an der Falltür hin. »Bist du dir sicher?«

Mit verzweifelter Stimme erzählte Kate von Lutfisk, von dem Splitter und wie sie plötzlich hochgeschnellt war. »Ich weiß nicht, wo es sonst sein könnte.«

»Dann lass uns etwas unternehmen.«

»Etwas unternehmen? Es ist *fort*!«, jammerte Kate.

»Sei ruhig. Lass mich nachdenken.«

»Bist du verrückt? Was hilft Nachdenken? Es ist unten im *Brunnen*!«

Anders brachte sie zum Schweigen. »Hör auf, dich wie eine Frau zu benehmen.«

»Ich *bin* eine Frau. Das heißt, fast.«

Eine scheinbar endlose Zeit kniete Anders nieder und schaute in den Brunnen hinunter. »Ich glaube, es wird gehen.«

»Was wird gehen?« Kate wagte es kaum zu hoffen. »Reicht das Wasser nicht bis nach China hinunter?«

»Tu genau, was ich dir sage!«, ordnete Anders mit ungeduldiger Stimme an. »Nimm zuerst die Milch heraus. Stell sie in den Bach unten am Hügel.«

Während Kate die Milch heraufzog, verschwand Anders für eine kurze Zeit. Als er zurückkam, steckte er in alter Kleidung und brachte eine Leiter und einen Kübel an einem Seil mit. Ohne ein weiteres Wort zu verschwenden, band er das Seil an ein Rohr oberhalb der Plattform und begann, Wasser aus dem Brunnen zu schöpfen.

»Aber das ist aussichtslos!«, sagte Kate. »Wenn du etwas Wasser herausnimmst, kommt immer wieder neues hinein.«

»Nein.« Anders schüttelte den Kopf und schöpfte weiter. »Siehst du diese Pumpe? Papa und ich haben sie letzten Sommer eingebaut.«

»So?«

»Das Rohr, das hinunter in den Brunnen reicht, hat unterhalb der Forstgrenze ein kleines Loch. Wenn wir mit dem Hebel pumpen, steigt Wasser durch das Rohr hoch. Wenn wir aufhören zu pumpen, läuft das unbenötigte Wasser durch das Loch zurück. Auf diese Weise friert das Rohr im Winter nicht ein.«

»Und das ist das Wasser, das ich sehe?«

»Jup! Das Wasser, das zurückläuft.«

Kate war sich nicht sicher, ob sie es verstanden hatte. Zwei Stunden lang wechselte sie sich mit Anders beim Wasserschöpfen ab. Schließlich stieß der Kübel auf Grund.

»Toll!«, rief Anders aus. »Wir haben es bald.«

Sie schöpften weiter so viel Wasser aus dem Brunnen, wie sie konnten. Dann schien der Kübel an irgendetwas zu stoßen – aber es war nicht das Rohr. Anders hörte auf zu schöpfen und schaute angestrengt in den Brunnen.

»Was ist es?«, drängelte Kate ungeduldig. Sie wollte das Medaillon finden.

»Ich weiß es noch nicht«, sagte Anders langsam. »Sieht aus wie ein Stein. Aber letzten Sommer war da kein Stein.«

Sie schöpften weiter. Schließlich stellte Anders den Kübel neben die Pumpe ins Gras. Kate half ihm, die Leiter durch die Falltür zu schieben. Langsam ließen sie die Leiter hinunter, bis sie das Knirschen von Kies hörten.

»Sie ist gerade lang genug!«, sagte Kate.

»Ich weiß. Wir haben sie letzten Sommer schon benutzt.« Sobald Anders den Kübel unten in Händen hatte, stellte er etwas hinein. »Zieh hoch!«, rief er.

Stück für Stück zog Kate den Kübel hinauf. »Wieso ist er so schwer?«

Als der Kübel ans Licht kam, erblickte sie darin einen Sirupeimer. Auf dem Deckel lag ein Stein, der den Eimer unter Wasser hielt. An den Griff des Eimers war ein starkes, dünnes Seil geknotet; ein schwarz gefärbtes Seil.

Etwas später rief Anders erneut: »Ich hab's gefunden!«

Schon war er aus dem Brunnen heraus und kletterte durch die Falltür. Aus seiner Tasche zog er Kates Medaillon und die zerrissene Kette.

Kate kamen die Tränen. »Anders, ich kann es kaum glauben!«

»Glaub es nur, glaub es!«, antwortete er etwas schroff, als wolle er sagen: »Dummes Mädchen aus der Stadt!« Doch mittlerweile kannte Kate ihn gut genug, um sein Necken zu erkennen. Als er ihr das Medaillon übergab, war ihr zumute, als bekomme sie einen vergrabenen Schatz.

Nachdem Kate das Schmuckstück an ihrem Rock getrocknet hatte, hielt sie es gegen die Sonne. »Es hat nicht einmal eine Schramme.«

»Sind Bilder drin?«

Mit zitternden Fingern öffnete sie den winzigen Verschluss. Ihre Eltern lächelten ihr entgegen. Kate nickte, unfähig zu sprechen.

Anders tat es für sie. »Gut, dass es wasserdicht war.«

Eine Zeit lang sprach keiner von ihnen. Kate konnte es immer noch nicht glauben, dass das Medaillon und die Bilder unbeschädigt waren.

Anders brach das Schweigen. »Scheint so, als hätten wir noch einen anderen Schatz gefunden.«

Kate sah ihn fragend an.

»Na, den Sirupeimer. Das ist ein eigenartiges Seil.« Er ging zur Pumpe zurück, kniete sich hin und schaute durch die Falltür. Das obere Ende des schwarzen Seils war in der hinteren Ecke an der Unterseite der Plattform befestigt. »Kein Wunder, dass keiner von uns es gesehen hat. Ich frage mich, wie lange es schon hier ist.«

Wieder bei Kate nahm Anders den Stein herunter und wischte den Eimer von außen trocken. Dann holte er sein Taschenmesser hervor. Er stemmte die Seiten des festsitzenden Deckels hoch und entfernte ihn. »Sieh dir das an!«

Vorsichtig leerten sie den Eimer. Zuerst kamen Glasperlen wie diejenigen zum Vorschein, die sie unter dem Baumstumpf gefunden hatten.

»Eine ganze Menge!«, meinte Kate. »Ein mit Steinen besetzter Kamm …«

Sie drehte ihren langen Zopf auf dem Kopf zusammen, steckte den Kamm hinein und klimperte mit ihren Augenwimpern wie eine vornehme Lady.

Anders rümpfte die Nase. Dann beschäftigte er sich wieder mit dem Eimer. »Sieh mal!«, sagte er, indem er ein Taschenmesser mit einem Elfenbeingriff herauszog.

Kate war verblüfft. »Wenn es jemand gestohlen hat, woher kommt dann all dieses Zeug?«

Anders untersuchte den Eimer. »Siehst du die Innenseite? Beschichtet mit Kerzenwachs. Selbst wenn der Eimer aus irgendeinem Grund undicht würde – das Wasser könnte nicht durchkommen.«

»Wer es auch ist –« Kate unterbrach sich, ohne den Satz zu beenden.

»Ist ein gerissener Kerl. Er hat sich alles gut überlegt!«, ergänzte Anders.

Am Boden des Eimers machte Anders den besten Fund. »Das Kupferstück!«

Kate nahm es ihm aus der Hand. Es war in der Tat dasselbe; ungefähr zehn Zentimeter breit und fünfundsechzig Millimeter dick. Als sie es herumdrehte, erkannte sie das Wort *Sverige* und die Einprägung der Krone von Schweden.

»Wir bekommen bestimmt eine Belohnung!«, erklärte Anders.

»Wenn wir es nicht wieder verlieren!«, entgegnete Kate trocken.

Anders wurde ernst. »Du hast recht. Lass uns einpacken und überlegen, was wir machen sollen.«

Sie füllten den Sirupeimer wieder mit den Ge-

genständen, verschlossen den Deckel und begannen, ernsthaft zu überlegen.

»Wie wäre es, wenn wir ihn im Haus verstecken?«, fragte Kate, da sie annahm, er sei dort sicher.

»Wir verschließen nie die Türen. Ich weiß nicht einmal, ob wir überhaupt Schlüssel besitzen. Jemand könnte hineingehen, wenn wir draußen auf dem Feld arbeiten oder im Stall die Kühe melken.«

Sie überlegten hin und her, wo der beste Platz für ein Versteck wäre. Doch mit keinem Vorschlag war Anders zufrieden.

»Jetzt weiß ich es!«, rief Kate schließlich aus. »Schau dir den Eimer an. Woran erinnert er dich?«

»Unsere Provianteimer für die Schule?«

»Nein, du Dummer! Versuch es noch einmal!«

Anders gab auf.

»Für den Honig, den wir verkauft haben, haben wir Gläser genommen und hatten dann nur noch zwei große Dosen für den Honig, den wir behalten haben. Also haben wir zusätzlich Sirupeimer gefüllt!«

Anders begriff. »Und sie befinden sich alle im Rübenkeller! Komm, wir gehen!«

Sie nahmen den Eimer und setzten ihn auf ein Regalbrett hinten im Keller. Auf beiden Seiten standen mehrere Eimer mit Honig.

»Perfekt!«, sagte Anders. »Wenn ich nicht wüsste, dass es der dritte von links ist, würde ich es nie herausfinden, ohne jeden Eimer zu öffnen. Er wiegt sogar fast genauso viel wie alle anderen.«

Kate nickte. »Doch wenn du es jemals wissen musst, gibt es ein Kennzeichen. Siehst du den Rost hier am Griff?« Kate nahm den Eimer hoch und hielt ihn ans Licht, dann stellte sie ihn wieder hin. »Es ist der einzige Eimer mit Rost.«

Vorsichtig schloss Anders beide Türen des Rübenkellers.

»Es ist ein wirklich gutes Versteck!«, sagte Kate, als sie und Anders zur Sommerküche gingen.

Da bewegten sich auf der anderen Seite vom Fuhrweg die Büsche.

Hatte jemand sie berührt? Einen Augenblick hielt Kate angestrengt Ausschau. Schließlich sagte sie sich: *Es war nur der Wind.*

Doch aus irgendeinem Grund wollte ihr Unbehagen nicht verschwinden.

Schritte in der Nacht

Ich werde den ersten Teil der Nacht Wache halten!«, sagte Anders. Es war spät, und ihre Eltern waren nicht zurückgekehrt. Aus einem von Anders' Schlafzimmerfenstern überblickte man den Rübenkeller. »Denkst du an unser Zeichen?«

Kate nickte. »Wenn du an meine Wand klopfst, werde ich dich ablösen und an das Fenster des Vorratsraumes gehen. Aber was machen wir, wenn der Fremde kommt?«

»Wir lassen uns nicht sehen«, sagte Anders. »Wir beobachten ihn aus der Entfernung und versuchen, Hilfe zu holen.«

Kate überlief ein Schauer. »Wenn er bloß nicht in dieser Nacht kommt!«

Anders stimmte ihr zu. Er beschloss, Lutfisk im Freien zu lassen. »Hoffentlich findet er kein Stinktier.«

Bevor sie ins Bett ging, zog Kate ihr altes, dunkles Arbeitskleid an. Dann nahm sie Nadel und Faden, nähte eine Schlaufe und verband die beiden Enden der zerrissenen Kette. Sie ließ das Medaillon über ihren Kopf gleiten und steckte es in ihr Kleid.

Lange Zeit lag sie wach da. Als Kate sich an den Fremden in den Wäldern erinnerte, dachte sie mit Schrecken an ihren ersten Tag in der Schule am Spirit Lake. Während sie versuchte, die Angst beiseitezuschieben, wälzte sie sich hin und her, dann schlief sie endlich ein.

Einige Zeit nach Mitternacht wachte Kate von einem langen festen Klopfen an ihrer Schlafzimmerwand auf. Leise schlüpfte sie aus dem Bett und klopfte zurück. Dann ging sie auf Zehenspitzen zum Vorratsraum.

Im Dunkeln ging sie an hölzernen Kisten und Säcken mit der Saat für das nächste Jahr vorbei. Am Fenster hatte sie genau die richtige Aussicht. Zu allen Seiten des Rübenkellers war das Gelände offen. Wenn der Fremde kam, würde Kate ihn auf jeden Fall sehen. Darüber hinaus erleuchtete der Vollmond die gesamte Gegend.

Kate kniete sich am Fenster hin und vergaß schon bald die Zeit. Als sie in der Dunkelheit eine Bewegung wahrnahm, fragte sie sich, ob sie geträumt hatte. Sie rieb ihre Augen und wartete.

Da war es wieder. Jenseits des Fuhrwegs, zwischen Getreidespeicher und Hühnerstall, teilten sich die Büsche. Ein Schatten löste sich aus dem tiefen Schwarz. Langsam kam eine dunkle Gestalt zum Vorschein.

Lautlos glitt sie über das Gras, dann über den Weg. Für einen kurzen Augenblick verschmolz sie mit der Sommerküche, dann bewegte sie sich weiter. Kates Anspannung nahm zu, ihr Herz klopfte laut.

Leise schlich die dunkle Gestalt zum Rübenkeller. An der offenen Stelle, an der jetzt kein Baum mehr stand, trat die Gestalt ins Mondlicht. Kate erkannte einen Mann mit Bart, Hut und langem Haar.

Schnell begab sie sich wie verabredet zur Wand. Poch, klopfte sie. Pause. Poch, poch.

Durch die Dunkelheit stolpernd, steuerte sie auf die Tür des Vorratsraumes zu. Einmal fiel sie über eine Kiste. Dann trat sie auf einen Sack mit Korn, fing sich jedoch wieder. Schließlich erreichte sie den Flur und die Tür zu Anders' Zimmer. Sie klopfte laut. Poch. Pause. Poch, poch.

Keine Antwort. Einen Moment lang wartete sie, dann klopfte sie noch einmal wie abgesprochen.

Kate drehte sich um, glitt die Treppe hinunter und zur Eingangstür hinaus. Als sie die Veranda überquerte, fiel ihr Lutfisk ein. »Wo war er? Warum bellte er nicht?«

Sie rannte lautlos über das Gras und eilte zum Rübenkeller. Beide Türen standen halb offen. Durch den Spalt sah Kate eine Laterne auf dem Boden. Ab und zu geriet der Mann näher ins Licht. Es war der Fremde.

Während Kate ihn beobachtete, nahm er einen Sirupeimer nach dem anderen in die Hand und schüttelte ihn, als wolle er herausfinden, welcher der richtige wäre.

Ich hole besser Anders. Kate wollte sich zurückschleichen. *Vielleicht hat er sich in sicherer Entfernung versteckt.*

Da wieherte irgendwo hinter der Scheune ein Pferd.

Ich werde nachsehen, was dort los ist, dann verstecke ich mich, versprach Kate sich selbst.

Lautlos schlich sie sich am Rübenkeller vorbei. Auf dem Gras begann sie zu rennen und war froh, dass Vollmond war. Als sie um die Ecke der Scheune bog, entdeckte sie dort ein Pferdegespann und einen Wagen, voll beladen mit Kisten.

Kates Herz hüpfte mal schneller und mal langsamer. Im hinteren Wagenteil stand eine große hölzerne Truhe. Diesmal war sich Kate sicher, dass sie nicht Mama gehörte, Mamas Truhe jedoch sehr ähnlich sah.

Alle Furcht fiel in diesem Augenblick von Kate ab. Sie wurde nur von einem Gedanken beherrscht: *Was ist in der Truhe?*

Als sie auf den Wagen kletterte, bewegte sich leicht ein Pferd. Das Zaumzeug knarrte.

Kate hielt den Atem an. Abgesehen vom Atmen der Pferde war es still in der Nacht. Kate bahnte sich einen Weg durch die Kisten und erreichte die Truhe. Ein Vorhängeschloss hing davor, doch es war offen!

Kate zog das Vorhängeschloss heraus und hob den Deckel der Truhe hoch. Gähnende Leere starrte ihr entgegen. War nichts darin? Kate war ein wenig enttäuscht.

Dann stieß Kate den Deckel weiter zurück. Das Licht des Vollmonds wurde von irgendetwas reflektiert. Sie griff in die Dunkelheit hinein und ertastete einen Eimer von der gleichen Art, wie sie ihn mit Anders im Brunnen gefunden hatte.

Als sie ihn hochhob, schnaubte ein Pferd. Wieder hielt Kate den Atem an und lauschte. Es kam jemand von der anderen Seite der Scheune her! *War es der Fremde?*

Schnell stellte sie den Eimer wieder in die Truhe, schloss den Deckel und hängte das Vorhängeschloss wieder an seinen Platz. Panik ergriff sie. Sie fragte sich: *Wo kann ich mich verstecken?* Keine Büsche in der Nähe. Rund um den Wagen war das Gelände frei.

Dann erspähte Kate eine große hölzerne Kiste weiter vorne im Wagen. Sie war oben offen, und etwas Dunkles lag auf dem Grund. Als Kate hineingriff, entdeckte sie eine schwere Pferdedecke. Sie stolperte in die Kiste, kroch unter die Decke und zog sie sich über den Kopf.

Einen Moment später hörte Kate verstohlene Fußtritte auf dem Weg. Sie kamen näher. Kate kauerte sich in der Kiste zusammen und wagte kaum zu atmen.

Innerhalb der nächsten Minute kletterte jemand auf den Wagen und ging an der Kiste vorbei, in der Kate sich versteckte. Während sie angespannt horchte, hörte sie, wie sich der Deckel der Truhe öffnete und wieder schloss.

Erneut kamen die Schritte auf die Kiste zu. Kates Finger ballten sich nervös zusammen. Sie wagte nicht zu atmen. Die Schritte gingen vorüber und zum vorderen Teil des Wagens.

Der Sitz quietschte, als die Person sich darauf fallen ließ und die Pferde antrieb. Langsam und ruhig setzte sich der Wagen in Bewegung, dann gewann er an Geschwindigkeit.

Kate atmete durch. *Ich sitze in der Klemme!* Zuerst lag sie vor lauter Angst noch kurze Zeit da, ohne sich zu rühren. Dann hob sie geräuschlos die Pferdedecke hoch und sah sich um.

Hoch oben erleuchteten helle Sterne den Himmel. Im Licht des Vollmonds sah Kate die Kiefernbretter der Holzkiste, die sie umgaben. Direkt vor ihr bot ein großes Astloch eine Stelle, durch die sie hindurchsehen konnte.

Kate kniete sich in der Kiste hin, presste ihr Gesicht gegen das Holz und lugte hindurch. Sie blickte auf den Rücken eines Mannes, auf einen alten, heruntergezogenen Hut und auf langes Haar. Es war der Fremde!

Er schlug leicht mit den Zügeln, und die Pferde fielen in Trab.

Wohin fahren wir? Kates Panik war nun verschwunden, doch hatte sie ein beklommenes Gefühl in der Magengegend. Dann spürte sie, dass der Wagen nach rechts abbog. Sie fuhren nun Richtung Grantsburg.

Sie wollte aufstehen, um sich zu überzeugen. *Doch was war, wenn der Fremde nach hinten schaute?* Sie dachte kurz nach, dann beschloss sie, sich die Kurven zu merken.

Eine Welle der Hoffnungslosigkeit überflutete sie. Sie versuchte, ihre Angst machenden Gedanken fortzuschieben, doch sie kamen immer wieder.

Elf Meilen nach Grantsburg. Elf lange Meilen. Elf Meilen voller Bäume und Bären und schreiender Eulen. Elf schaurige Meilen.

Kate war nur zweimal in Grantsburg gewesen – an jenem Tag im März und an dem Samstag beim Markt. Sogar sich selbst gegenüber wollte sie nicht zugeben, wie schnell man verloren sein konnte. *Wo ist Anders überhaupt? Unser Zeichen hat wirklich viel genutzt!*

Während die Pferde die Straße entlangtrabten, hatte Kate einen weiteren schrecklichen Gedanken. *Hat Anders mein Klopfen gehört? Wenn nicht, weiß niemand, dass ich fort bin!*

Mit jeder Minute, die verging, nahm die Angst in Kate zu. Panik kam wieder in ihr hoch, trotz ihrer Bemühungen, sie beiseitezuschieben. Jetzt erschien die Kiste wie ein Gefängnis. *Vielleicht kann ich hinausspringen?*

Dann schaltete sich ihr Verstand ein. *Wir fahren zu schnell. Ich würde mich mit Sicherheit verletzen.*

Sie legte sich in der Kiste hin und versuchte nachzudenken. Zuerst wirbelten ihre Gedanken durcheinander und weigerten sich, eine Ordnung anzunehmen. *Was soll ich tun? Ich muss mir etwas überlegen.* Allmählich beruhigte sie sich und dachte angestrengt nach.

Der Wagen knarrte, während die Pferde vorwärtstrabten und die Meilen hinter ihnen zurückblieben. Zusammengekauert unter der Pferdedecke, war Kate dankbar für ihre Wärme. Sie lag da, sah hoch und beobachtete die Sterne. Ihr Kopf schmerzte bei dem Versuch, einen Plan zu entwerfen.

Sie mussten über eine Stunde gefahren sein, als Kate spürte, dass der Wagen einen Bogen machte und anhielt. Schnell zog sie die Decke über ihren Kopf. Sie hörte, dass der Fremde vom Wagen kletterte.

Kurz darauf schob Kate die Decke zur Seite und lugte durch das Astloch. Nur die Pferde waren zu sehen. Einen Moment wartete sie noch und horchte. Als kein Geräusch zu vernehmen war, stand sie in der Kiste auf.

Im Licht des Vollmonds sah Kate Bäume dicht an beiden Seiten der Straße. Der Fremde musste in den Wald hineingegangen sein, doch konnte sie nicht sagen, in welche Richtung.

Als Kate sich umschaute, stellte sie fest, dass der Wagen sich in der Nähe einer Kreuzung befand. Die Pferde standen gerade weit genug vorn, um ihr zu zeigen, von wo sie gekommen waren und in welche Richtung sie weiterwollten.

Sind wir immer noch auf der Straße nach Grantsburg? Sie wusste es nicht. Ein Baum sah aus wie der andere.

Wie ein Eichhörnchen, das in Deckung springt, huschten Kates Gedanken hin und her. *Was soll ich tun? Herausklettern? Mich hinter einem Baum verstecken?*

Der Wald erschien noch schrecklicher als der Wagen. *Ich würde nie meinen Weg nach Hause finden.*

Und wohin ist der Fremde gegangen? Was ist, wenn ich ihm begegnen würde, wenn er zurückkommt?

Dann fiel ihr etwas anderes ein. *Die Straße ist trocken und Wagenspuren sind schwer zu verfolgen. Wie sollen Anders und Papa mich finden?*

Verzweifelt sah Kate sich nach etwas um, das sie benutzen konnte, um ihren Weg zu markieren. Etwas, das Anders und Papa erkennen, das der geheimnisvolle Fremde aber nicht entdecken würde.

Ihr Medaillon kam ihr in den Sinn, das immer noch in ihrem Kleid steckte. Sie kletterte vom Wagen und eilte zu einem Busch in kurzer Entfernung hinter der Straßenbiegung. Kate reckte sich hoch und hängte die Kette über einen Zweig. *Sie ist so klein. Ob Anders und Papa sie wohl sehen werden?*

Im selben Augenblick erschütterte ein entsetzlicher Schrei die Nachtluft. Während der Klang in der Stille widerhallte, lief Kate von Panik ergriffen zum Wagen.

Es half nichts, dass sie sich einredete, eine Eule hätte geschrien. Außer sich vor Angst zog sie sich an der Wagenwand hinauf.

Als sie in den Wagen stolperte, hörte sie im Wald einen Zweig knacken. *Der Fremde! Er kommt zurück!*

Verzweifelt eilte Kate zur Kiste und stieg hinein. Als sie nach der Decke griff, hörte sie ein weiteres Geräusch, diesmal von der Straße. Da war es wieder, sanft und leise. »Wuff! Wuff!«

Kate drehte sich in diese Richtung. An der Ecke

der Abbiegung hob sich ein kleiner dunkler Schatten ab. Das Mondlicht schien auf das hellbraune und weiße Fell auf seinem Rücken. *Lutfisk!*

Kate hätte den Hund am liebsten gedrückt, wäre vom Wagen gestiegen und ihm nach Hause gefolgt. Doch als sie aus der Kiste klettern wollte, hörte sie einen weiteren Ast im Wald knacken. Das Geräusch war näher als vorher und Lutfisk zu weit entfernt. In kurzer Zeit würde der Fremde da sein.

Es würde mir niemals gelingen, mich zu verstecken! Kates Angst war wieder da.

Dann wusste sie, was zu tun war. »Lutfisk!«, flüsterte sie heiser. Der Hund kam etwas näher. »Geh und hol Anders!«

Lutfisk stand still. Er wartete, und Kates Hals schnürte sich zu. Dann erinnerte sie sich an den Befehl, den Anders benutzte, wenn Lutfisk die Kühe holen sollte. *Doch wird Lutfisk MIR gehorchen?*

Sie hob ihren Arm, zeigte nach rechts und benutzte den Befehl von Anders. Lutfisk wartete immer noch.

Noch einmal hob Kate ihren Arm und zeigte nach rechts. Im Mondlicht richtete Lutfisk seinen Kopf auf, als sei er hin- und hergerissen. Dann schien er sich entschieden zu haben, machte kehrt und lief in gleichmäßigem Trab den Weg zurück, den er gekommen war.

Einmal hielt Lutfisk an und schaute zurück. Dann verschwand er in der Dunkelheit.

Kate tauchte in der Kiste unter. Als sie die Decke

über ihre Schultern zog, hörte sie Schritte auf dem Weg. Schnell bedeckte sie ihren Kopf.

Die Schritte kamen näher.

Wettlauf mit der Zeit

Unter der Pferdedecke zusammengekauert, hörte Kate, wie der Mann in den Wagen stieg. Wieder arbeitete er sich zwischen den Kisten hindurch zur Truhe im hinteren Teil. Nachdem er etwas hatte hineinfallen lassen, begab er sich wieder nach vorne.

»Vorwärts!«, rief er den Pferden zu.

Kate kamen die Meilen wie eine Ewigkeit vor. Der geheimnisvolle Fremde schien es nicht eilig zu haben. Obwohl Kate sich bemühte, konnte sie sich die Reihenfolge der Kurven nicht merken.

Jedes Mal, wenn der Fremde den Wagen anhielt, lauschte sie, bis sie keine Schritte mehr hörte. Dann stand sie auf und blickte in die Dunkelheit.

Immer sah ein Baum wie der andere aus. Immer hielt Kate Ausschau nach einer anderen Möglichkeit, sich den Weg zu merken, doch sie konnte nie eine entdecken.

Mit jedem Halt wurde ihre Verzweiflung größer. *Anders, wo bist du?* Sie hätte es am liebsten laut gerufen. *Wird Lutfisk Hilfe holen? Wenn ich hier herauskomme, werde ich jemals mein Medaillon wiederfinden?*

Am Nachthimmel stand tief der Mond. Eine kühle Brise kam auf. Zitternd und müde zog Kate die Decke über die Schultern. Als sie wie ein Knäuel zusammengerollt dort lag, wuchs ihre Panik. »Ich habe Angst, Gott«, betete sie ganz leise. »Wirkliche Angst.«

Dann berührte die Brise ihr Gesicht, und Kate fiel etwas Wichtiges ein, woran sie bis jetzt nicht wirklich geglaubt hatte.

»Du hast mich beschützt an dem Tag, als das mit dem Bullen passiert ist, nicht wahr, Gott? Du hast mir geholfen, als ich mich im Wald verirrt und als ich Angst im Keller hatte.

Wenn sich alles ändert und ich mich vor diesen Änderungen fürchte, kann ich dann auf dich zählen, Gott? Ganz gleich, was geschieht – du bist derselbe, nicht wahr?«

Tief in ihrem Innern erkannte Kate noch etwas anderes:

»Wenn ich Angst habe, bist du meine größte Hilfe. Selbst wenn ich mal nicht an dich denke, bist du zu jeder Zeit bei mir, richtig? Auch in dieser schrecklichen Wildnis.«

Als die Brise zu einem scharfen Wind wurde, zog Kate die Decke über ihren Kopf. Jedes Mal, wenn die Angst wieder hochkam, wiederholte sie den Vers, den Papa und Anders vorgelesen hatten: »Gott *ist* unsere Zuversicht und Stärke, *mein* starker Helfer in aller Not.«

Und dann schlief Kate ein.

Als sie aufwachte, hatte der Wagen angehalten. Kate war verwirrt. *Wo bin ich?* Dann fiel es ihr ein, und sie wurde hellwach. Angst schnürte ihr die

Kehle zu. *Was ist mit Anders geschehen? Wo ist der Fremde?*

Sie schob die Decke zur Seite, und Licht fiel in die Kiste. Kate stellte zu ihrer Überraschung fest, dass die Sonne hoch am Himmel stand und es bereits auf die Mittagszeit zuging. Noch mehr erstaunt war sie darüber, dass sie zu einer solchen Zeit schlafen konnte.

Mit der Decke, die immer noch ihren Rücken bedeckte, erhob sie sich so weit, um durch das Astloch sehen zu können. Der Wagensitz war leer. Davor standen ruhig die Pferde. Sie mussten an einem Geländer angebunden sein.

Dann erinnerte sich Kate an die Truhe. Sie hatte nicht gesehen, was der Fremde hineingelegt hatte, doch sie hegte keinerlei Zweifel, was sich darin befinden musste: Sirupeimer, gefüllt mit allen Sachen, die der Fremde gestohlen hatte. Kate war überzeugt davon, dass der Mann entlang eines bestimmten Weges Eimer versteckt haben musste. Dann hatte er gewartet, bis er annahm, dass es sicher war, sie wieder einzusammeln.

Gerade da hörte sie Stimmen. »Hierher!«, rief ein Mann, und Kate zog die Decke wieder über ihren Kopf. Ein anderer Mann antwortete, und die beiden sprachen miteinander, während sie sich dem Wagen näherten.

Eine von den Stimmen kenne ich, sagte Kate zu sich selbst. *Wer ist es bloß?*

Sie schloss ihre Augen, um sich zu konzentrieren. Aber so sehr sie es auch versuchte, sie fand es nicht heraus. Sie konnte die Stimme nicht mit einem Gesicht in Verbindung bringen.

Dann hörte Kate, dass jemand hinten am Wagen das abschließende Brett entfernte. Angst durchflutete sie.

Holz schrammte auf Holz. »Eins, zwei, anheben!«, rief die bekannte Stimme. Etwas Schweres fiel auf irgendetwas anderes.

Kate verfolgte die Geräusche in ihren Gedanken. *Das war die Truhe. Wohin bringt er sie?*

Vom hinteren Teil des Wagens erklang lautes Scharren. Dann wackelte der Wagen, jemand kletterte hinauf und begann, Kisten herumzuschieben.

Kates Finger ballten sich nervös zu Fäusten. *Was ist, wenn sie diese Kiste hochheben? Sie würden mich mit Sicherheit finden!*

Dicht neben der Kiste, in der Kate bewegungslos lag, sagte die bekannte Stimme: »Das ist die letzte. Ist es in Ordnung, wenn ich Ihre Pferde hierlasse?«

»Fahren Sie ein Stück hinüber, aus dem Weg!«, rief die andere Stimme. »Ich bringe sie später zum Mietstall zurück.«

»Ihre Pferdedecke ist noch hier!«, sagte der Mann in Kates Nähe. »Soll ich sie Ihnen geben?«

»Nein, lassen Sie die Decke für den nächsten Kunden da.«

Kate hörte, wie ein Wagen davonrollte. Neben ihr bewegten sich Schritte nach vorne. Jemand trieb die Pferde ihres Wagens an, und sie entfernten sich vom Geländer.

Langsam richtete Kate sich auf, presste ihr Gesicht gegen das Astloch und hielt überrascht den Atem an.

Statt langer schwarzer Haare und eines zerknautschten Huts zeigten sich jetzt unter einem makellosen Hut die kurzen braunen Haare des Fahrers. Anstelle eines schwarzen Mantels mit einem Riss im Ärmel trug der Mann einen gut gebügelten Gehrock.

Kate war verwirrt. Was war mit dem geheimnisvollen Fremden geschehen?

Sie bemühte sich nachzudenken. *Etwas ist mit diesem Mann – etwas, das mich beunruhigt, etwas, das ich wissen muss.*

Während Kate durch das Astloch sah, hielt der Mann den Wagen an. Er sprang hinunter, band die Pferde an einem anderen Geländer an und eilte davon. Er befand sich immer noch in Kates Sichtfeld. *Seine Schultern. Irgendetwas ist mit seinen Schultern.*

Kurz darauf ging der Mann über das Kopfsteinpflaster in der Nähe einer hölzernen Plattform. Seine Schuhe klackerten.

Kate schaltete blitzschnell. Sie schnappte nach Luft. Plötzlich fügte sich alles zusammen.

In der Ferne pfiff ein Zug. Er kam langsam näher. Wieder ertönte das Pfeifen. Kate hörte das Quietschen von Bremsen, das laute Kreischen von Eisen auf Eisen. Der Blueberry Special!

Sie werden die Lokomotive herumdrehen, dachte sie. *Sie füllen Wasser ein. Vielleicht benötigen sie auch Kohle. Doch dann werden sie losfahren.*

Wieder zog sich ihr Magen zusammen. *Wenn der Zug Grantsburg einmal verlässt, wird die Truhe fort sein. Dann sind die gestohlenen Sachen für immer verloren!*

Der Lärm wurde größer. Männer riefen sich irgendetwas zu, und Kate war sich sicher, dass die Lokomotive umgedreht wurde.

Der Fremde bewegte sich aus ihrer Sicht. *Ich werde hinausklettern. Ich werde losrennen, um Hilfe zu holen.*

Sie schob die Decke fort und warf einen letzten Blick durch das Astloch. Der Fremde kam zurück; er schaute geradewegs zum Wagen.

Noch einmal kauerte Kate sich zusammen. *Was soll ich tun? Der Zug wird fahren, und er wird entkommen!*

Ihre Gedanken rasten wild durcheinander. *Ich stehe auf. Ich gehe direkt auf ihn zu!*

Im gleichen Augenblick wusste sie schon, dass es nicht gelingen würde. *Mein Wort steht gegen seins. Keiner wird mir glauben!*

Ein Wagen fuhr neben ihren Wagen. Jemand stieß einen Pfiff aus, und Kate erkannte Anders, der nach Lutfisk pfiff!

Sie war erleichtert und hatte in der nächsten Sekunde schon wieder Furcht. *Wie kann ich ihn warnen?* Er wird den Fremden zwar sehen, aber nicht erkennen.

Da fiel Kate das mit Anders verabredete Zeichen ein. Poch. Pause. Poch, poch, klopfte sie gegen die hölzerne Kiste.

Noch einmal klopfte sie, fester und lauter. Poch.

Pause. Poch, poch. Nur wenig später hörte Kate Anders' Stimme.

»Kate?«, fragte er leise an der Seite des Wagens.

Sie hätte am liebsten laut aufgeschrien. Stattdessen antwortete sie leise: »Anders? Der geheimnisvolle Fremde ist der Mann, der genau vor dir steht.«

»Der mit dem Hut und dem Anzug?«

»Er wird jeden Moment in den Zug steigen und verschwunden sein.«

»Aber der Wagen hier? Lässt er ihn einfach zurück?«

»Er muss ihn in einem Mietstall gemietet haben.«

»Und er hat die Sachen mitgenommen? Woher weißt du das?«

»Sie sind in seiner Truhe.« Kate wurde ungeduldig. »Du musst Hilfe holen! Wenn ich aufstehe, wird er mich sehen. Er würde wissen, dass ich ihm gefolgt bin.«

Anders nahm sich nur eine Sekunde, um zu entscheiden. »Bleib, wo du bist. Ich hole Big Gust.«

»Weißt du, wo er wohnt?«

»Ein paar Häuserblocks von hier. In der Feuerwehrstation.«

Es wurde still. Die Ruhe zog sich endlos dahin. Dann knarrte ein Wagen von irgendwoher und rollte neben den Zug. Bald würden sie die Truhe in den Gepäckwagen laden. *Komm schon, Anders, beeil dich!*, wollte sie rufen.

Durch das Astloch beobachtete sie, dass die Bahnarbeiter das lange Rohr des Wassertanks hochzogen. »Alles eiiin-steiiigen! Alles eiiin-steiiigen!«, rief der Zugführer.

Der sorgfältig gekleidete Mann drehte Kate seinen Rücken zu und reihte sich unter die anderen Reisenden.

Kate erhob sich und kletterte aus dem Wagen, entschlossen, ihn aufzuhalten. Als sie den Boden erreichte, kamen Mama und Papa Nordstrom die Straße entlanggelaufen.

»Kate!«, rief Mama aus. »Wir haben dich gesucht. Anders kam zu den Nachbarn und sagte uns, du seist fort. Wo bist du gewesen?«

»Mama! Einen Augenblick! Wir müssen ihn aufhalten!«

»Wen aufhalten?«, fragte Papa Nordstrom.

»Herrn Eberly! Er ist ein Dieb!«

»Ein Dieb?«

»Anders wird es dir erzählen!«

Gerade da kam Big Gust herbeigeeilt. Anders und Lutfisk rannten neben ihm her, um mit den langen Beinen des Marshals Schritt zu halten.

»Ein Dieb, Papa!«, sagte Anders. »Wir müssen ihn aufhalten!«

Big Gust sah Herrn Nordstrom an. »Sagen sie die Wahrheit?«

»Ich weiß es nicht«, sagte Papa. »Bis jetzt haben sie die Wahrheit gesagt.«

Big Gust kratzte sich am Kopf. »Es ist eine ernste Sache, jemanden festzuhalten.«

»Wenn Sie in seine Truhe sehen könnten –«, unterbrach Kate.

»Seine Truhe?«

»Die große hölzerne Truhe. Sie wird gerade aufgeladen!«, sagte sie. »Die Sachen, die er gestohlen hat, sind darin, in Sirupeimern. Sehen Sie, wie schwer sie ist?«

Sie sahen, dass zwei Männer damit kämpften, die Truhe in den Zug zu heben. »Komm her, Gust, fass mit an!«, rief einer von ihnen.

Als Big Gust hinüberging, riss ein Ledergriff. Die Truhe krachte auf den Boden. An einer Ecke brach das Holz auseinander. Durch die Öffnung leuchtete Kate das Metall eines Sirupeimers entgegen.

»Zieht sie zur Seite, weg vom Zug!«, befahl Big Gust.

Er wandte sich an Kate. »Nun, junge Dame, zeig mir den Besitzer dieser Truhe!«

Schon hatte Big Gust Herrn Eberly aus dem Zug geholt. Als dieser die Metallstufen hinunterstieg, klackerten seine Schuhe.

»Bergbauschuhe!«, rief Anders mit leiser Stimme aus. »Er muss in einer Mine gearbeitet haben, irgendwo entfernt von hier.«

»Im März war sein Gesicht viel zu weiß!«, erinnerte sich Kate. »So als habe es nicht viel Sonne abbekommen. Er ist jedenfalls der Mann aus dem Wald. Er trug eine Perücke und einen falschen Bart.«

Als Kate und Anders näher kamen, sagte Big Gust gerade zu Herrn Eberly: »Die Männer haben die

Truhe fallen lassen. Ich möchte, dass Sie überprüfen, ob alles in Ordnung ist.«

»Oh, ich bin sicher, das ist es!«, antwortete Herr Eberly. Seine Stimme klang ruhig, doch seine Augen blickten nervös umher.

Big Gust bestand darauf. »Ich will nicht später Ärger haben. Schließen Sie die Truhe auf.«

»Aber ich werde meinen Zug verpassen.«

»Der Zug wird warten, und ich ebenfalls.« Die Stimme von Big Gust war fest und höflich wie immer. Doch als er sich jetzt vor Herrn Eberly aufbaute, wirkte das Gesicht des Marshals gar nicht mehr so freundlich.

Langsam schloss Herr Eberly die Truhe auf.

»Hmmmmmm. Was haben Sie darin?«, fragte Big Gust mit harmlosem Gesicht. »Vielleicht öffnen Sie besser einen der Eimer für mich.«

Kate sprang vor. »Ich zeige Ihnen, welchen Eimer Sie nehmen müssen.«

Herr Eberly drehte sich mit wilden Augen und zornrotem Gesicht zu ihr um. »Was willst du? Das ist meine Angelegenheit, nicht deine.«

»Nun«, sagte Big Gust, »es schadet nichts. Wir wollen tun, was sie sagt. Was hast du vor, junge Dame?«

Bevor irgendjemand sie aufhalten konnte, packte Kate schnell die Truhe aus und stellte einen Sirupeimer nach dem anderen auf den Boden. Als sie beinahe fertig war, fand sie, was sie suchte – den Eimer mit Rost am Henkel.

»Ich werde Ihnen sagen, was in diesem Eimer ist!«, erklärte sie. »Ein Kupferstück mit einer Prägung von Schweden!«

Blitzschnell wollte Eberly davonstürzen. Big Gust bewegte sich kaum. Er streckte nur einen seiner langen Arme aus und packte Eberly hinten am Kragen. Einen Augenblick schwebte dieser in der Luft. Dann setzte Big Gust ihn gemächlich auf die Plattform.

Herr Eberly rührte sich nicht mehr.

Der Marshal rief einen Kutscher mit Pferd und Wagen herbei. Nachdem Big Gust die Truhe wieder gefüllt hatte, nahm er sie hoch und lud sie auf den Wagen.

Kate konnte es nicht fassen. »Ganz alleine!«

Anders lachte. Papa schaute mit einem Schmunzeln zu Mama.

Big Gust tat, als sei nichts Außergewöhnliches geschehen. »Ich bringe den Mann ins Gefängnis und bin gleich wieder zurück.«

Lutfisk, der nicht länger unbeachtet bleiben wollte, rieb sich an Kates Rock, um ihre Aufmerksamkeit zu gewinnen. Als sie ihn dankbar drückte, leckte er Kate das Gesicht und bellte.

Dann schloss Mama sie in die Arme. »Ich bin *stolz* auf dich, Kate!«, rief sie aus, obwohl immer noch Sorge in ihrem Gesicht stand.

Als auch Papa Nordstrom sie drückte, ahnte Kate, welche Angst er ausgestanden hatte. *Schweden umarmen sich nicht in der Öffentlichkeit!*, wollte sie sagen.

Stattdessen beugte sie sich zurück und sah in seine Augen. »Es ist furchtbar gut, dich zu sehen, Papa.«

Einen kurzen Moment spiegelte sich Überraschung auf Herrn Nordstroms Gesicht; dann war sie auch schon wieder verschwunden. »Es ist furchtbar gut, dich zu sehen, Kate!«, erwiderte er mit rauer Stimme.

Als Kate sich zu Anders umdrehte, sah er verlegen aus. »Hast du an meine Tür geklopft? Ich habe dich nicht gehört. Ich muss gerade eingeschlafen sein.«

Dann erzählte er, was geschehen war. »Gerade als ich mit Melken fertig war, fand Lutfisk mich im Stall. Er bellte, bis ich ihm zu deinem Fenster folgte. Da wusste ich, dass du fort warst.«

Papa erzählte weiter. »Anders lief so schnell er konnte, um uns bei den Nachbarn aufzusuchen. Wir spannten die Pferde ein.«

»Lutfisk rannte vor!«, berichtete Anders jetzt wieder. »Als wir zu einer Kreuzung kamen, lief er, immer noch schnüffelnd, um die Kurve. Er fand seinen Weg bis dorthin, wo dein Medaillon an einem Ast hing.«

»Es leuchtete in der Morgensonne!«, fügte Mama hinzu, indem sie Kate das Medaillon gab. »Zuerst haben wir uns gewundert.« Ihre Augen glänzten verdächtig feucht. »Dann sagten wir uns, dass du es dorthin gehängt haben musstest, um uns den Weg zu zeigen.«

Kate nickte. »Und das Geheimnis ist gelöst!« Sie wandte sich an Anders und fragte ihn: »Erinnerst du dich, wie du dich gefragt hast, warum der Fremde immer wieder verschwand? Er ist ein Kaufmann, der von Zeit zu Zeit in die Stadt kommt, um seine Waren anzubieten – im Frühling, Sommer, Herbst und Winter! Er brachte eine große Truhe voll Warenproben mit.«

»Und wenn er seine Proben verkaufte, füllte er die Truhe anschließend mit allem, was er stahl!«, vermutete Anders.

»Erinnerst du dich an deine Truhe, Mama?«, fragte Kate. »Er muss besonders gierig geworden sein. Ich vermute, er hätte herausgenommen, was er wollte, und dann die Truhe mit der Bemerkung zum Bahnhof zurückgeschickt, dass sie ihm nicht gehört.«

»So!«, sagte Papa, als Big Gust zurückkam. »Jetzt wollen wir feiern!«

»Feiern?«, fragte Kate. Doch keiner wollte ihr das Geheimnis verraten.

Als sie in den Räumen von Big Gust bei der Feuerwehrstation ankamen, ging Anders auf ein großes Gebilde zu, das in der Mitte des Raumes stand. Es steckte unter einer großen Decke, die Anders jetzt mit einem Schwung herunterzog.

Dort stand die Orgel, die Kate auf dem Markt gesehen hatte. Im Sonnenlicht, das durch ein Fenster strömte, glänzte das Eichenholz golden. Vor der Tastatur stand ein Orgelschemel, der darauf wartete, dass jemand sich darauf niederließ, um zu spielen.

»Sie ist für dich, Kate!«, sagte Papa ruhig.

Kate war unfähig zu antworten.

»Waren die Stiche der Bienen das wert?«, fragte er.

Kate nickte, immer noch unfähig, etwas zu sagen.

»Wir haben sie am Samstag hierhertransportiert. Big Gust wollte sie heute zur Farm bringen. Wir wollten dich überraschen.«

Kate fand ihre Sprache wieder. »Aber das Geld? Ich wollte, dass Anders das Pferd bekommt.«

Anders erwiderte ihren Blick, sagte jedoch nichts.

»Er dachte, du benötigst dringender die Orgel!«, sagte Papa mit sanfter Stimme. »Mit dem Geld von seinem Schwein, dem Honig, den du verkauft hast, und dem Geld, das von Mamas Möbelverkauf übrig war, hatten wir gerade die erforderliche Summe.«

Es gab eine Zeit, da hätte Kate alles genommen, was sie nur bekommen konnte. Jetzt kam es ihr eigenartig vor, ein solches Geschenk zu erhalten.

»Anders will ein Pferd?«, unterbrach Big Gust. »Jungen in deinem Alter besitzen kein Pferd! Bist du dir sicher, dass du alt genug bist?«

Big Gust zwinkerte Papa zu, dann wandte er sich wieder an Anders. »Hast du dir eins ausgesucht?«

Anders erzählte dem langen Schweden von Wildfire. »Wenn sie gesund wird.«

»Das wird sie!«, sagte Papa. »Sie wird immer eine Narbe über ihrer Brust behalten, aber sie wird ihr keine Beschwerden beim Laufen machen. Wegen der Narbe kostet Wildfire nicht so viel.«

Big Gust grinste von einem Ohr bis zum anderen. »Also, ich habe genau das Richtige für dich, Anders.

Das heißt, wenn Kate und du sich einig werden können, was ihr machen wollt. Kaufmann Carlson hat eine Belohnung ausgesetzt, als ihm sein Kupferstück von Schweden abhandenkam. Es könnte genau die Summe sein, die du für das Pferd benötigst.«

»Was meinst du, Kate?«, fragte Papa. »Es liegt bei dir.« Anders sah Kate an. In seinen Augen lag eine Frage, die er scheinbar nicht aussprechen konnte.

Kate nickte. Sie wurde ganz aufgeregt, wenn sie nur daran dachte, was sie alles mit einer Orgel und einem Pferd anstellen konnten.

Anders machte einen Luftsprung und warf jubelnd seine Arme in die Luft. »Ich kann es nicht glauben!«

Kate grinste. »Glaub es nur, glaub es!«, neckte sie, während sie daran dachte, wie Anders das Medaillon aus dem Brunnen gerettet hatte.

Einen anderen Gedanken behielt sie jedoch für sich. *Vielleicht ist die Wildnis von Wisconsin doch nicht so schlecht! Ich bin gespannt, was als Nächstes geschieht.*

Was geschieht als Nächstes ...

In einer dunklen Novembernacht wird Kate durch Stimmengemurmel wach. Es scheint aus den unteren Räumen der Windy Hill Farm zu kommen. Kate schleicht die Treppe hinunter und hört aus dem Gespräch, dass Herr Nordstrom eine Arbeit als Waldarbeiter in einem Holzfällerlager annehmen muss, um Geld für die Frühjahrssaat zu verdienen.

Jetzt heißt es, ohne ihn durch die schlimmste Zeit des Winters zu kommen. Was ist, wenn etwas danebengeht?

Und genauso kommt es. Auf unerklärliche Weise verschwinden Gegenstände, zuerst bei den Nachbarn, dann auf Windy Hill ...

Kommen Kate und Anders auch diesmal dem Geheimnis auf die Spur?

Die Abenteuerwälder 2

Die verborgene Botschaft

Was geschieht als Nächstes …

In einer dunklen Novembernacht wird Kate durch Stimmengemurmel wach. Es scheint aus den unteren Räumen der Windy Hill Farm zu kommen. Kate schleicht die Treppe hinunter und hört aus dem Gespräch, dass Herr Nordstrom eine Arbeit als Waldarbeiter in einem Holzfällerlager annehmen muss, um Geld für die Frühjahrssaat zu verdienen.

Jetzt heißt es, ohne ihn durch die schlimmste Zeit des Winters zu kommen. Was ist, wenn etwas danebengeht?

Und genauso kommt es. Auf unerklärliche Weise verschwinden Gegenstände, zuerst bei den Nachbarn, dann auf Windy Hill …

Kommen Kate und Anders auch diesmal dem Geheimnis auf die Spur?

Die Abenteuerwälder 2

Die verborgene Botschaft